La emancipada

Letras Hispánicas

Miguel Riofrío

La emancipada

Edición de Fernando Nina Rada

CÁTEDRA
LETRAS HISPÁNICAS

1.ª edición, febrero de 2026

Ilustración de cubierta: Jacob Ferdinand Voet (1639-1689),
Retrato de Laura Chigi (detalle)

PAPEL DE FIBRA
CERTIFICADA

Valentín Beato, 21. 28037 Madrid
Depósito legal: M. 22.502-2025
ISBN: 978-84-376-4969-6
Printed in Spain

Índice

Introducción

Miguel Riofrío (17 de junio de 1819, Loja-11 de octubre de 1879, Lima). Imagen que reposa en los archivos de la Casa de la Cultura Ecuatoriana, Núcleo de la ciudad de Loja.

El canon literario ecuatoriano y latinoamericano consideró durante mucho tiempo a la novela *Cumandá* de Juan León Mera, publicada en el año 1879, como la primera novela ecuatoriana[1]. En el estudio más completo sobre la novela ecuatoriana, escrito por Ángel F. Rojas, dice este: «La novela en el Ecuador empieza con Juan León Mera»[2]. Con esta edición se intenta corregir este dato y ofrecer una edición crítica de la novela *La emancipada* del ecuatoriano Miguel Riofrío, publicada en el año 1863, por entregas, probablemente en el diario *La Unión de Piura*[3]. La primera edición que rescató a la novela del olvido data del año 1974 y fue ordenada por el Consejo Provincial de la ciudad de Loja, cuna de grandes artistas y pensadores ecuatorianos, por lo cual se la puede llamar sin reparos la Weimar sureña

---

[1] Véase la excelente edición de Ángel Esteban en esta misma editorial: *Cumandá o un drama entre salvajes,* Madrid, Cátedra, 1998.

[2] Ángel F. Rojas, *La novela ecuatoriana,* México, Fondo de Cultura Económica, 1948, pág. 46. Este juicio se acoge también en la edición de Cátedra que procuró Ángel Esteban (pág. 11).

[3] La historia del texto nos ofrece varias opciones sobre el lugar de publicación de este. En la primera edición de 1974, el editor Alejandro Carrión afirmaba que se trataba del diario *La Unión* de la ciudad de Quito, dato cuestionado por Fausto Aguirre, quien en su edición de 1992 afirma que esto es improbable, por encontrarse Riofrío fuera del país desde 1862, precisamente en el territorio del actual Perú. Por ello postula que «[m]ientras no se pruebe lo contrario, la primera edición, que se hizo por entregas, en forma de folletín [...] salió a través del diario *La Unión de Piura*». Cfr. Fausto Aguirre, «Estudio introductorio», en Miguel Riofrío, *La emancipada,* Quito, Libresa, 1992, pág. 61.

del actual Ecuador. La novela *La emancipada* constituye dentro de la novelística hispanoamericana del siglo XIX una de las más logradas narraciones, sobre todo por la capacidad de sintetización de temas universales. Entre ellos se encuentran los tópicos acerca de la conformación de la nación y la posición del Estado, el desarrollo del individuo dentro y frente a la sociedad y, no por último, el concepto del amor en el siglo XIX. Estos temas se debaten por medio de la modelación novelesca de los conflictos centrales de la novela: la posición legal y natural de la mujer dentro de la sociedad decimonónica ecuatoriana (latinoamericana), el concepto de matrimonio y el conflicto entre legislación civil y eclesiástica. Adicionalmente, en estas pocas páginas, Riofrío transpone, en un juego sutil entre develación y revelación dos entidades significativas de fundamental importancia para el mundo hispanoamericano: la cuestión de la subalternidad en sociedades poscoloniales y la colonialidad del poder epistémico, que se presenta con una densidad simbólica y alegórica clave para su codificación y entendimiento.

Se trata de un texto aún mayoritariamente desconocido por la crítica especializada, pero de valor intertextual, de condensación estilística y de base epistémica sorprendente. Existen pocas novelas que en tan pocas páginas densifiquen tan certeramente tan vasta complejidad significativa en la época de las independencias hispanoamericanas. Para Riofrío la lógica que estructura su entorno histórico y al que él le intenta dar una forma, es la del lenguaje.

La novela corta de Miguel Riofrío describe en formulación concisa y por medio de complejas referencias intertextuales el alto grado de dialogicidad de la prosa y se torna hipóstasis de un juego de palabras que demuestra la interacción de posiciones de sentido que ya circulaban en el siglo XIX entre Latinoamérica y Europa. Aunque se ha leído la novela comúnmente desde una perspectiva romántica y costumbrista, esta se puede interpretar de igual manera como alegoría nacional autorreflexiva, donde la nación es representada por la aldea y el autosacrificio de la protagonista Rosaura se puede entender a la vez como sacrificio para la salvación de la nación, pero también como inserción táctica de alteridad dentro del discurso nacional. La referencia intertextual con la protagonista Rosaura de *La vida es sueño* de Calderón de la Barca es evidente, ya que esta se presenta de igual manera como mujer fálica con la espada en lo alto[4]. Rosaura no es por ello únicamente una sacrificada sino también reivindicadora de indígenas y mujeres. Por medio de la sentencia que funciona como *leitmotiv* «la letra con sangre entra» se entrelazan la problemática de la búsqueda de una expresión literaria propia con el conflicto genealógico entre españoles y criollos, pero también con los indígenas, así como con la pregunta acerca del rol de la mujer en el Ecuador independiente. La novela no reproduce, sino que genera un espacio semántico y simbólico en el cual se pueden disputar las disyunciones. Este espacio se

---

[4] Rosaura, la protagonista de la novela, utiliza el matrimonio que ha contraído por compromisos sociales para romper con sus limitaciones, también en el ámbito de su carente capital simbólico. Su firma en la carta decisiva en la novela es no tanto legitimación sino recomienzo, una escritura nueva, rea*firma* su ruptura con el orden anterior. La firma es la prueba del nombre, un nombre que intertextualmente tiene un antecedente importante en la literatura iberorrománica. Rosaura es una de las protagonistas del quizá más famoso drama de Calderón *La vida es sueño*, y una mujer varonil, como se titula. Es una amazona masculinizada que, espada en mano, cabalga sobre un fogoso caballo de guerra y, por lo tanto, tiene que experimentarse a sí misma como un monstruoso híbrido entre hombre y mujer, porque se cree que ha perdido su yo social al ser deshonrada por un seductor y, por lo tanto, tiene que restaurar su honor, porque ya no tiene un lugar simbólico como mujer. Es decir, ya no tiene un yo y tiene que cambiar fundamentalmente. El lugar de la mujer está en la habitación, pero cuando está afuera se tiene que disfrazar de hombre. En *La vida es sueño* tenemos varios disfraces de la protagonista. Se puede ver que el lugar donde ella podría ser realmente ya no existe, por lo que necesita otros lugares y disfraces. Este elemento intertextual será importante también en *La emancipada* de Riofrío.

constituye como zona indistinguible entre pre-escritura autoritaria y re-escritura emancipada.

Miguel Riofrío: «poor devil» a quien «faltaba sin duda lectura seria y reposada de los clásicos»

El 11 de octubre de 1879 falleció no solo un hombre cuya formación humanística fue exhaustiva. Dominó las lenguas clásicas, como el latín y el griego, y estudió en profundidad idiomas modernos como el inglés y el francés. Este rigor académico, sumado a su pasión por el español, moldeó al futuro literato. Sin embargo, los prejuicios de casta en su entorno paterno lo distanciaron desde niño de su madre, un hecho que marcó tanto su vida personal como su perspectiva social.

Riofrío nació, por manejo de datos fidedignos de Fausto Aguirre[5] utilizados desde 1971, el 17 de junio de 1819[6]. En 1974, Alejandro Carrión, escribiendo desde Washington, abordó el origen de Miguel Riofrío en un artículo que acompañaba la primera edición de *La emancipada*. Según Carrión, basándose en un dato de 1822, el padre de Riofrío

---

[5] El catedrático, pensador e intelectual Fausto Aguirre Tirado es el mayor experto de la obra de Miguel Riofrío. Consideraba a este junto con Pablo Palacio y Alejandro Carrión, los tres lojanos, como los pilares literarios más importantes que ha tenido el Ecuador desde su independencia. El maestro Aguirre falleció el 29 de enero de 2025 mientras terminaba esta edición que él siempre apoyó, acompañó y promovió hasta los últimos días de su dedicada vida a la literatura ecuatoriana. El legado del maestro Aguirre para esta edición es fundamental y dejo aquí constancia de mi profundo agradecimiento a sus enseñanzas.

[6] Estos datos están consignados en la edición de *La emancipada* que ha hecho Fausto Aguirre, además de la edición facsimilar de *Correcciones de defectos de lenguaje para el uso de las escuelas primarias del Perú*, por Miguel Riofrío, edición de 1874, trabajada por el mismo investigador Aguirre. Agradezco toda la gentileza del profesor Aguirre en proporcionarme el texto de Alejandro Carrión que él utilizó para la publicación de su edición del texto.

habría sido el Dr. José María Riofrío y Valdivieso, y su madre, Custodia Pedreros, descrita como mulata. Sin embargo, esta afirmación resulta polémica. José María Riofrío, abogado que posteriormente ingresó al sacerdocio y alcanzó el arzobispado en Quito, no habría podido ocupar dicha posición religiosa si se hubiese confirmado su paternidad de un hijo fuera del matrimonio, como estipula el Derecho Canónico. Este detalle plantea interrogantes: ¿se ocultaron ciertas realidades o fue simplemente una confusión histórica?

Rodolfo Pérez Pimentel, reconocido historiador ecuatoriano, ofrece otra versión: Miguel Riofrío sería, probablemente, hijo ilegítimo de Agustín Riofrío y Valdivieso y Águeda Custodia Sánchez, también mulata. Según este análisis, Riofrío provendría de un contexto mestizo que fusionaba las jerarquías provincianas con las raíces del estado llano, una mezcla que nutriría su notable intelecto y su fervor por la libertad. Este origen contrastaba con la posición social de los Riofrío, una familia acaudalada que manejaba prósperos negocios entre Loja (hoy Ecuador) y Piura (hoy Perú).

Desde su infancia, Riofrío mostró una notable inclinación por el estudio. En ausencia de la educación preescolar, común en su época, aprendió sus primeras letras en la escuela anexa al colegio San Bernardo, donde también cursó la secundaria. Gracias a la calidad educativa de Loja, con instituciones de prestigio como el colegio de los jesuitas y las escuelas de Bernardo y Miguel Valdivieso, Riofrío destacó académicamente desde temprana edad. Tras obtener el bachillerato en San Bernardo, se trasladó a Quito en 1843 para ingresar al Convictorio de San Fernando. Allí completó la carrera de Derecho, recibiéndose en 1845 como doctor en Jurisprudencia y un año después como abogado, tras superar los exámenes en la Corte Suprema de Justicia[7].

---

[7] Marcia Stacey de Valdivieso, *Entre la patria y la pluma,* Loja, S.A.G. (Series), Pueblos y gente de frontera, 2001, págs. 63-69.

Riofrío emerge como una figura multifacética que dejó huella en la política, el periodismo y la literatura ecuatoriana del siglo XIX. Durante sus años como estudiante de Derecho en el Convictorio de San Fernando, simultáneamente profundizó en los estudios de periodismo y defendió públicamente al presidente Roca[8]. Su destacada trayectoria académica culminó en 1849, cuando se graduó en Jurisprudencia y fue designado Regente de Estudios en su *alma mater*. Paralelamente, se inició como redactor en el periódico *La Unión,* mostrando ya su inclaudicable compromiso con la libertad y la democracia.

---

[8] En 1829, Simón Bolívar y su fortuna e influencia estaban en declive y la Gran Colombia se encontraba al borde de la disolución. Las arcas estaban vacías, no se habían pagado los catorce años de guerra y los británicos intentaban mejorar sus perspectivas económicas en detrimento de los elementos revolucionarios desunidos. Bolívar, sin embargo, estaba totalmente dedicado a la protección de los recursos naturales. El 24 de octubre de 1829 Simón Bolívar promulgó el Decreto de Quito por el que garantizaba la autoridad y el control estatales sobre la minería. Al ratificar la propiedad estatal de todos los recursos naturales, el decreto de Bolívar reafirmó el principio básico: las minas de cualquier tipo pertenecen a la República. El mismo concepto se repitió a menudo durante los primeros años posrevolucionarios. En la década de 1840 se precipitó un enfrentamiento entre el poder ejecutivo y el legislativo en Ecuador, del que el principio salió indemne. El 1 de noviembre de 1847, el Congreso Nacional aprobó una ley sobre la explotación de minas. En ella se especificaba que cualquier individuo, nacional o extranjero, podía adquirir para sí la propiedad de minas de cualquier sustancia previa notificación al gobierno. Cuando el proyecto de ley fue remitido a Vicente Ramón Roca, el presidente lo rechazó y redactó su propio proyecto alternativo, que el poder legislativo aprobó debidamente. Consecuente con el punto de vista prevaleciente, su artículo 10 declaró que el decreto del Libertador de la Gran Colombia de 24 de octubre de 1829 sigue vigente y en vigor y también las reales ordenanzas de minería para Nueva España. En este punto no hubo ningún impacto directo o inmediato en términos de política económica o petrolera. Esta política era apoyada por Miguel Riofrío.

Durante el gobierno de Ascázubi[9], su actitud política lo convirtió en blanco de persecución, llevándolo al escondite, donde aprovechó el tiempo para prepararse como abogado. Tras superar este difícil periodo, con la llegada del nuevo régimen en 1852, fue elegido diputado por Loja y asistió a la Asamblea Constituyente de Guayaquil, aunque el historiador Pérez Pimentel sostiene que no participó en la misma. Asimismo, comenzó a trabajar en el Ministerio de Relaciones Exteriores, marcando un inicio en su trayectoria diplomática[10].

En 1853, fue nombrado secretario de la legación ecuatoriana en Colombia, labor que desempeñó con tanta dedicación que terminó asumiendo el cargo de Encargado de Negocios. Durante su estancia en Bogotá, su sensibilidad literaria y erudición encontraron un terreno fértil. Riofrío no solo amplió sus estudios literarios, sino que fue muy reconocido por su prosa y poesía. Esto le valió ser admitido como miembro del Liceo Granadino, la más prestigiosa Academia de Letras de Colombia. Como miembro activo, promovió la cultura ecuatoriana, destacándose en episodios como la dignificación funeraria del literato Andrade y Ponte[11].

Su retorno al periodismo en Ecuador lo consolidó como pionero en la prensa nacional, fundando y dirigiendo diversos periódicos como *La Razón, El Veterano, El Seis de Marzo, La Unión* y *El Industrial.* También colaboró con pu-

---

[9] Francisco Javier Manuel de Ascázubi y Matheu (Quito, 30 de diciembre de 1804-Quito, 25 de diciembre de 1876) fue un destacado político, militar y terrateniente ecuatoriano. A lo largo de su carrera, asumió el cargo de Encargado del Poder Ejecutivo en dos periodos: de 1849 a 1850 y en 1869. Además, desempeñó la Vicepresidencia del Ecuador entre 1847 y 1849, dejando una notable huella en la historia política del país.

[10] Rodolfo Pérez Pimentel, *Diccionario biográfico del Ecuador*, Tomo II, Guayaquil, Universidad de Guayaquil, pág. 267.

[11] Fausto Aguirre, «Estudio introductorio», *op. cit.*, pág. 19.

blicaciones de renombre como *El Ecuatoriano, La Democracia* y *La Alianza.* Riofrío no solo reflexionó sobre temas políticos y sociales, sino que también se convirtió en un promotor clave del movimiento literario de su generación, brindando espacios para las primeras obras de Juan Montalvo y ejerciendo como un guía espiritual en el ámbito cultural.

La efervescencia política en Colombia también moldeó su legado. Pío Jaramillo Alvarado relata cómo Riofrío gestionó la llegada de intelectuales colombianos al Ecuador, entre ellos Belisario Peña y Francisco Ortiz Barrera, para fundar en Loja el colegio La Unión. Este centro educativo pronto ganó renombre por su excelencia y atrajo estudiantes de toda la región, convirtiéndose en un hito de la educación ecuatoriana de la época.

Perseguido a lo largo de su vida por sus ideales, Riofrío fue un defensor incansable de la cultura y la libertad. Su contribución dejó un impacto duradero en el periodismo, la literatura y la educación de Ecuador, mientras mantenía intacta su influencia intelectual en los ámbitos nacionales e internacionales.

Hacia 1846 Miguel Riofrío inició su destacada carrera como profesor y pedagogo, bajo el nombramiento de su tío, el Dr. José María Riofrío, rector del colegio San Bernardo de Loja, donde comenzó a enseñar Humanidades. Paralelamente, durante la presidencia de Urbina[12], se unió

---

[12] José María Mariano Segundo de Urbina y Viteri fue el sexto presidente de Ecuador entre 1852 y 1856. Bajo el liderazgo del general José María Urbina, se llevó a cabo en 1851 una revolución que culminó con la expulsión de la Compañía de Jesús del territorio ecuatoriano. Esta medida no solo logró impedir la planeada invasión militar por parte de Nueva Granada, sino que también contribuyó a consolidar la paz entre ambas naciones. Durante su gobierno, se promulgó la abolición de la esclavitud en Ecuador, un acontecimiento trascendental en la historia del país. Asimismo, este movimiento facilitó la llegada de los liberales al poder político, una influencia que se extendió hasta el año 1859.

al partido gobiernista, mostrando ya su activismo político. En 1852 fue elegido diputado por Loja y, ese mismo año, dirigió la sociedad cultural y artística La Ilustración en Quito. Además, participó como fundador de la Escuela Democrática Miguel de Santiago, donde organizó una celebración en honor a la poesía. Durante este evento, pronunció un memorable discurso al coronar a Julio Zaldumbide por su poema «A la música». También en esa época escribió la leyenda quichua *Nina*[13], precursora de obras como *La Virgen del Sol* de Juan León Mera[14].

En 1857 Riofrío viajó a Bogotá para asumir el cargo de Encargado de Negocios de Ecuador, consolidando su carrera diplomática. Sin embargo, en el turbulento clima político de 1860, cuando Gabriel García Moreno lideró una purga de elementos urbinistas, Riofrío fue encarcelado junto con otros opositores. Liberado tras semanas de prisión, partió al Perú, donde continuó su labor educativa, primero como profesor en el colegio San Miguel de Piura y luego en un prestigioso colegio en Lima[15].

---

[13] Luis Gallo Almeida la denomina «leyenda incásica» y era conocida antes de que en 1974 fuese parte de la reedición de *La emancipada* de Alejandro Carrión, publicación patrocinada por H. Consejo Provincial de Loja, págs. 16-30.

[14] Juan León Mera, *La virgen del sol, leyenda indiana,* Quito, Imprenta de los huérfanos de Valencia, 1861.

[15] «Al principio del gobierno del Sr. Moreno, un pobre diablo, un tal Sr. Riofrío, confiando en las profesiones que el partido triunfante había hecho antes de su acceso al poder, intentó publicar un periódico de oposición en Quito, pero fue inmediatamente perseguido por las autoridades, y solo se salvó huyendo rápidamente por los senderos y caminos menos frecuentados de la Cordillera. Lo vi cuando llegó a Tumaco, Nueva Granada, con los pies doloridos y agotado por las penurias y la fatiga, una melancólica ilustración de la libertad sudamericana» (traducción de Fernando Nina). Véase Friedrich Hassaurek, *Liberty of the Press. Four years among Spanish-Americans,* Nueva York, Hurd and Houghton, págs. 236-237. Hassaurek fue ministro diplomático en el gobierno de A. Lincoln en Ecuador desde el 15/7/1861 (sustituyó a Charles R. Buckalew) hasta el 13/1/1866 cuando enviaron a William T. Coggeshall para su puesto.

En 1862, mientras residía en Lima, Riofrío trabajó como redactor en *El Comercio de Callao.* Un año después comenzó a publicar por entregas su obra más conocida, *La emancipada,* en el periódico *La Unión*[16]. Considerada la primera novela ecuatoriana de la República, esta obra de corte romántico y realista denuncia las injusticias sociales y el fanatismo de su tiempo. Su publicación siguió el formato de folletín, popular en la literatura europea de la época.

Miguel Riofrío mantuvo su influencia hasta el final de sus días. En 1879, mientras ejercía como ministro plenipotenciario del Ecuador en Perú, falleció en Lima el 11 de octubre. Su legado perdura como una figura intelectual, política y literaria que marcó la historia ecuatoriana del siglo XIX.

La valiosa herencia cultural y el legado de Riofrío evidencian su versatilidad como poeta, novelista, periodista, orador, pedagogo, filólogo, entre muchas otras facetas notables, «todo en una pieza y con facetas de igual brillo» —lo dice Pío Jaramillo Alvarado[17].

Riofrío construyó una notable carrera como político y diplomático, desempeñándose siempre con dignidad y representando con honor a su patria. Su destacada labor fue

---

[16] El único manuscrito original conocido pertenecía a Ecuador Espinosa, en Loja, quien en 1974 lo facilitó temporalmente al Consejo Provincial para su primera publicación moderna. Más tarde, permitió a Fausto Aguirre transcribir los fragmentos faltantes. Sin embargo, tras este proceso, el manuscrito desapareció de la esfera pública. Debido a ello, muchas ediciones posteriores han seguido la versión de 1974, que omitía el marco narrativo original, compuesto por el párrafo inicial y el epílogo. En la presente edición nos basamos en la primera edición completa de Fausto Aguirre para la Editorial Libresa (1992) que recupera y reincorpora los pasajes ausentes, respetando las convenciones tipográficas de la época y el estilo editorial característico de las novelas publicadas en folletín en los diarios del siglo XIX.

[17] Pío Jaramillo Alvarado, *Crónicas y documentos al margen de la historia de Loja y su provincia,* Guayaquil, Editorial de la Casa de la Cultura Ecuatoriana, Núcleo del Guayas, 1974, pág. 107.

reconocida en diversos espacios de prestigio, como el Parlamento, el Liceo Granadino, la Alianza de Lima y el Congreso de Jurisconsultos Americanos, en los que su participación sobresalió por su excelencia y elocuencia.

Desde sus años como estudiante de Derecho en el Convictorio de San Fernando en Quito, Riofrío mostró su talento como orador. Uno de sus discursos más emblemáticos fue pronunciado a los 27 años, en el cuarto aniversario de la sociedad Amigos de la Ilustración. En esa ocasión, desplegó un profundo análisis sobre las conexiones entre política y literatura, evidenciando su brillantez intelectual y su extraordinario dominio de la palabra.

Pío Jaramillo Alvarado destacó a Riofrío como un auténtico apóstol del liberalismo y un firme defensor del libre pensamiento, como político, diplomático y orador. Por otro lado, Vicente Paz, al referirse a su personalidad, expresó lo siguiente:

> Acaba de rendir, en fin, su última jornada, en el áspero sendero de la vida y lejos de los lares queridos de su patria, el que fue doctor Miguel Riofrío, representante del Ecuador cerca del gobierno del Perú, con el elevado cargo de Ministro Plenipotenciario.
>
> Ha muerto una de las últimas reliquias de ese gran partido liberal, que ayer nomás, fue el terror de los tiranos, y que hoy, por una inexplicable aberración histórica, forma, obedeciendo a la ley de los contrastes, el firme pedestal de la más humillante y vergonzosa dictadura.
>
> Nada en efecto llama más nuestra atención, como la faz del político, porque en ella es en la que el ilustre ecuatoriano ha llegado a ponerse a una altura a la cual muy pocos han llegado.
>
> Dotado, el doctor Riofrío, de un espíritu eminentemente liberal, el principal anhelo de su vida fue difundir, por medio de la cátedra y de la prensa, en el colegio, en los comicios y en el parlamento, las doctrinas netamente racionalistas.

Proscrito, entonces, el doctor Riofrío, después del espléndido triunfo que obtuvo en el jurado de imprenta, que conoció de la denuncia de «El Industrial» en el que tuvo el valor de actuar en el proceso de los abusos del Ministro Muñoz, agente irresponsable del dictador García Moreno; hizo rumbo al Perú.

Durante los quince años que, con mano férrea, dominó al Ecuador García Moreno, no se cansó este de emplear toda la sagacidad de su talento, y la influencia de un poder casi siempre irresistible, para inducir a su noble, a la vez que temido adversario, a que abandonara a las filas de la oposición y se alistara en las del partido del gobierno.

Riofrío no cedió ante tales presiones. Había combatido al sanguinario régimen de García Moreno, y no podía convertirse, por las treinta monedas de Judas, en el panegirista del terror. Riofrío no perteneció, ni podía pertenecer jamás, a la familia de los tránsfugas y renegados; se lo impedía la nobleza de su carácter, tradicional en su familia, en su raza y en su pueblo[18].

Riofrío, con una profunda sensibilidad poética, dejó una marca imborrable en la literatura ecuatoriana. Su excepcional talento lírico fue reconocido y valorado en varias antologías, estudios y ensayos de la época. Entre los principales críticos y recopiladores de su obra se encuentran Vicente Molestina, quien incluyó sus versos en *Lira Ecuatoriana* (1866); Juan Abel Echeverría, que destacó su poesía en *La Nueva Lira Ecuatoriana* (1879); y Manuel Gallegos Naranjo, quien incorporó dos de sus poemas en *Parnaso Ecuatoriano* (1879). La Academia Ecuatoriana de la Lengua también lo honró al seleccionarlo para la *Antología de Poetas y Prosistas Hispanoamericanos* en 1892, con motivo del IV centenario del descubrimiento de América. Además, Enrique Marchena

[18] Vicente Paz, «El Dr. Miguel Riofrío», en *La emancipada*, edición ordenada por el Consejo Provincial de Loja, Loja, 1974, pág. 31-32.

publicó una colección completa de sus poemas en 1882, solidificando aún más su prestigio literario[19].

La obra de Riofrío refleja un profundo amor por su patria, una nostálgica añoranza por su tierra natal y un retrato auténtico de la realidad nacional. Sus versos, imbuidos del pesar de su exilio voluntario, también muestran una dimensión afectiva y personal, marcada por emociones intensas y un profundo sentido de humanidad.

Entre sus composiciones más notables destaca *Nina,* un poema basado en una leyenda quechua. En él, Riofrío rinde homenaje a los pueblos originarios del actual territorio de Quito[20], evocando el heroísmo de Rumiñahui al evitar que la ciudad real incaica cayera en manos de los conquistadores. Esta obra se distingue por su poderosa capacidad imaginativa y su profundo simbolismo. Afirma Rodríguez Castelo que «rompió cualquier monotonía rítmica conjugando octosílabos simples con dactílicos»[21].

Otro poema esencial de su repertorio es *Mi asilo,* donde plasma la tristeza y el desconsuelo de abandonar su tierra. Este texto, cargado de melancolía, refleja su adiós a amigos y familiares, al tiempo que expone su dolor por el destie-

---

[19] Así lo afirma Fausto Aguirre Tirado en su introducción a la edición de *La emancipada* que publicó en Loja bajo el sello editorial de la Universidad Técnica Particular de Loja en 2005, pág. 19. Esta introducción tiene algunos cambios menores, pero está basada en gran parte en su estudio introductorio de la edición de Quito (Editorial Libresa) del año 1992.

[20] Afirma Enrique Ayala Mora que «además de los caciques mayores de autoridad regional, existían caciques que residían en el centro habitacional más importante; caciques menores de los llajtacuna y jefes de ayllu. Esos cacicazgos mayores, en los que se reconocía la autoridad militar de un cacique sobre otros, fueron una característica anterior a la invasión inca. [...] Evidentemente, ese Reino de Quito no existió». Véase Enrique Ayala Mora, *Resumen de historia del Ecuador,* Quito, Corporación Editora Nacional, 1993, pág. 20.

[21] Hernán Rodríguez Castelo, *Miguel Riofrío. El hombre y el escritor,* Loja, Universidad Técnica Particular de Loja, 2018, pág. 201.

rro[22]. A través de sus versos, Riofrío comparte el anhelo de ser recordado por sus compatriotas después de su muerte, dejando un legado que perdura más allá de su tiempo gracias a la fuerza de su poesía.

Miguel Riofrío, un intelectual de magnitud excepcional, debe ser interpretado, situado y estudiado en el marco histórico que le correspondió vivir. Es solo a través del análisis de su contexto que podemos entenderlo cabalmente. El método generacional proveniente de Ortega y Gasset ha sido «seguido ciegamente sin ningún cuestionamiento por diversos críticos hispanoamericanos»[23], como afirma certeramente Flor María Rodríguez-Arenas, quien ha rescatado una gran cantidad de novelas del siglo XIX ecuatoriano que aún quedan por ser investigadas. Situar y analizar a Riofrío, por lo tanto, más allá de su adscripción a una generación del romanticismo latinoamericano, como lo proponen Juan José Arrom, Enrique Anderson Imbert y Cedomil Goic, resulta fundamental para comprender tanto la vida como la obra de este ilustre autor. En ese sentido Rodríguez-Arenas propone entender esta obra también por medio de su «fuerte capacidad mimética con la realidad circundante, creando una sensación total de verosimilitud»[24].

Pío Jaramillo Alvarado afirma: «El liberalismo tuvo en él [Riofrío] un apóstol, y en el libre pensamiento, un convencido»[25]. Bajo esta visión ideológico-política, Riofrío escribió en 1872 la biografía de Pedro Moncayo durante su

---

[22] «Mientras furioso a la venganza suspira / el déspota en frenético ardimiento, / dulcemente mi pecho aquí respira / tu ambiente puro, de cuidado exento». En *La emancipada,* edición ordenada por el Consejo Provincial de Loja, Loja, 1974, pág. 12.

[23] Flor María Rodríguez-Arenas, «Representación y escritura: el realismo en *La emancipada* de Miguel Riofrío (1863)», en Miguel Riofrío, *La emancipada,* Doral, Stockcero, 2009, pág. IX.

[24] Rodríguez-Arenas, «Representación», *op. cit.,* pág. XX.

[25] Pío Jaramillo Alvarado, *Crónicas y documentos al margen de la historia de Loja y su provincia, op. cit.,* pág. 107.

estadía en Lima. Este texto constituye un agudo análisis político de la historia ecuatoriana, explorando cronológicamente los eventos desde los últimos años de la Gran Colombia bajo Simón Bolívar hasta el final de la administración de García Moreno[26], abarcando así medio siglo de historia nacional. En esta obra, Pedro Moncayo es presentado como una figura crucial: el fundador del liberalismo ecuatoriano, un modelo de integridad y un defensor notable de los derechos humanos[27].

En el terreno lingüístico, Riofrío dejó un legado destacable con su obra *Correcciones de defectos de lenguaje, para el uso de las escuelas primarias del Perú.* Esta aportación pedagógica, que cuenta con ediciones en Lima (1874) y Quito (1971), fue pionera en su época por su rigor y amplitud[28].

---

[26] «Desde 1860 hasta 1875, la política nacional giró alrededor de esta controvertida figura. Apasionado, efectivo, tenaz, impactante, drástico, feroz con sus enemigos, exigente con sus colaboradores, extremadamente honrado con los bienes públicos, el "Gran Tirano" proyectó su sombra temible sobre Ecuador, que apenas tenía tres décadas de vida. En algunos sentidos, fue el real fundador del país. Con el paso del tiempo, el ejercicio del poder y la lucha contra sus actitudes primarias, sus pasiones se serenaron un tanto, sus métodos represivos se sofisticaron, su sentimiento religioso devino en un fanatismo exacerbado. Murió asesinado frente al Palacio Nacional el seis de agosto de 1875, con muerte que, en su caso, "casi puede considerarse como natural", según afirma un escritor ecuatoriano». Enrique Ayala Mora, *García Moreno: su proyecto político y su muerte,* Quito, UASB, 2016, págs. 27-28.

[27] La *Biografía de Moncayo* está publicada íntegramente en la edición de *La emancipada,* edición ordenada por el Consejo Provincial de Loja, 1974, a cargo de Fausto Aguirre, pág. 82 y ss.

[28] La edición peruana de *Correcciones de defectos de lenguaje* presenta el siguiente pie de imprenta: «LIMA / IMPRENTA DEL UNIVERSO, DE CARLOS PRINCE, SITUADA EN LA ESCUELA MUNICIPAL DE SAN PEDRO. / 1874». La edición de Quito corresponde a *Memorias de la Academia Ecuatoriana Correspondiente de la Española.* Se titula, con grandes caracteres *UN LIBRO DESCONOCIDO.* A continuación, se ubica el título que Riofrío puso a su estudio, con la supresión de la coma ortográfica después del lenguaje y Perú que tiene el original. La edición es de 1971, y está impresa en la Editorial Ecuatoriana. Fausto

Reconocido también por su elocuencia, Riofrío se distinguió como un orador sobresaliente y un maestro en el manejo del idioma. Su capacidad para transmitir ideas de manera clara y didáctica se materializa en su obra lingüística, donde el enfoque pedagógico se une a una visión orientada a la perfección del lenguaje. *Correcciones de defectos de lenguaje* representa una valiosa contribución al desarrollo educativo, consolidando a su autor como una figura emblemática en la enseñanza y difusión del idioma.

La figura de Miguel Riofrío ocupa un lugar significativo en la historia cultural de Ecuador, a pesar de que su reconocimiento no siempre ha sido uniforme. Su primera mención destacada en un ámbito formal aparece en la *Antología Ecuatoriana. Poetas,* publicada en 1892 por la imprenta de la Universidad Central del Ecuador. Este trabajo se realizó como parte de las conmemoraciones del IV centenario del descubrimiento de América, bajo los auspicios de la Academia Ecuatoriana de la Lengua del Ecuador[29].

Sin embargo, la evaluación de su legado ha sido objeto de debate. En 1917, el destacado crítico Manuel J. Calle se refirió a Riofrío como «buen escritor, pero pésimo poeta»[30]. Este comentario, como afirma Fausto Aguirre, plantea una interrogante clave: ¿se puede separar la figura de poeta de la de escritor? Es probable que Calle lo percibiera principalmente como narrador realista, asociado más a su faceta como novelista que a su habilidad como poeta o articulista. De ser así, esta sería una de las primeras referencias que reconocen a Riofrío específicamente como novelista, aunque no se proporcionen detalles profundos al respecto[31].

Aguirre ha publicado una edición facsimilar excepcional de este importante texto en el año 2021.

[29] Véase Hernán Rodríguez Castelo, *Miguel Riofrío, op. cit.,* pág. 186.

[30] Manuel J. Calle, *Biografías y semblanzas,* Colección Clásicos Ariel, N. 64, Guayaquil, Publicaciones Educativas Ariel, 1978, pág. 78.

[31] Fausto Aguirre, «Estudio introductorio», *op. cit.,* pág. 26.

Por otro lado, críticos como Pío Jaramillo Alvarado en su análisis de la literatura lojana, reconocen a Riofrío como poeta[32]. En el *Sumario de la Literatura Ecuatoriana para uso de los Alumnos de Instrucción Secundaria* del R.P. Luis Gallo Almeida, profesor de la asignatura en el Colegio San Felipe de Riobamba del año 1921, consta Miguel Riofrío bajo el capítulo «Provincia de Loja» como primera mención. Con fechas de nacimiento y fallecimiento erróneas (1832-1880) dice: «Su obra principal es la leyenda incásica *Nina*»[33].

En un nivel similar, el destacado autor Ángel F. Rojas lo identifica como novelista y señala que Riofrío, contemporáneo de Juan León Mera y en algunos aspectos su maestro literario, dejó una novela inédita cuyo paradero, según Rojas, era conocido únicamente por Jaramillo Alvarado[34].

El reconocido historiador literario Isaac J. Barrera lo presenta como poeta y lingüista, citando tanto su poema *Nina* como su obra pedagógica *Correcciones de defectos de lenguaje*. Además, resalta su papel como mentor de jóvenes escritores[35]. Paralelamente, Galo René Pérez, otro historiador

---

[32] Pío Jaramillo Alvarado, *op. cit.*, pág. 109.

[33] Luis Gallo Almeida, *Sumario de la Literatura Ecuatoriana,* Quito, Tip. y Encuad. de la Prensa Católica, 1921, pág. 179. Comenta Almeida: «En las composiciones del doctor Riofrío encontramos facilidad, ingenuidad y aun muchas ideas poéticas; pero la impropiedad de muchas de sus expresiones, la vaguedad de sus conceptos y cierta tristeza fruto tal vez de romanticismo de la época en que escribió, rebajan notablemente el valor literario de sus composiciones. Faltaba sin duda al señor Riofrío *estudio* concienzudo de Humanidades y *lectura* seria y reposada de los clásicos; dos elementos que educan el talento poético natural y con los que el genio del Sr. Riofrío habría llegado a ser uno de nuestros mejores poetas nacionales».

[34] Ángel F. Rojas, *La novela ecuatoriana,* Colección Tierra Firme, No. 34, México, D. F., Fondo de Cultura Económica, 1948, pág. 209.

[35] Isaac J. Barrera, *Historia de la literatura ecuatoriana,* Vol. III, Quito, Editorial Casa de la Cultura Ecuatoriana, 1950.

de la literatura ecuatoriana, reafirma su reconocimiento como poeta[36].

En la primera edición del *Diccionario de Literatura Ecuatoriana* de los hermanos Barriga López, Riofrío fue incluido principalmente como poeta. Sin embargo, en la segunda edición se corrigió y ampliaron los datos, incluyendo una nota acerca de su obra más emblemática, *La emancipada,* y rectificando la fecha de su fallecimiento[37].

El crítico Rodrigo Pesántez Rodas, en su manual escolar, destaca a Riofrío tanto como poeta como novelista[38]. Por su parte, el académico Juan Valdano Morejón ubica a Riofrío en la «segunda vertiente» de la generación de 1824. Esta generación, cuyos principales representantes nacieron entre 1809 y 1824 y cuyos aportes se extendieron hasta 1869, incluyó también a figuras como Rafael Carvajal, Pedro Fermín Cevallos y Pedro Carbo[39].

En décadas más recientes, Hernán Rodríguez Castelo, dentro de la colección de Clásicos Ariel, destacó a Riofrío como un exponente esencial de la generación romántica ecuatoriana. Rodríguez Castelo no solo confirma a Riofrío como autor de *La emancipada* y de otra novela llamada *María* (de la que se desconoce su localización actual), sino que también establece paralelismos con Juan León Mera en cuanto a sus leyendas en verso. Específicamente en su estudio *Literatura Ecuatoriana: 1830-1980,* Rodríguez Castelo

---

[36] Galo René Pérez, *Pensamiento y literatura del Ecuador,* Quito, Editorial Casa de la Cultura Ecuatoriana, 1972, pág. 163.

[37] Franklin y Leonardo Barriga López, *Diccionario de la literatura ecuatoriana,* Quito, Editorial de la Casa de la Cultura Ecuatoriana, 1973.

[38] Rodrigo Pesántez Rodas, *Literatura ecuatoriana. 6to. Curso,* Quito, Ediciones Universal, 1978, pág. 295.

[39] Juan Valdano Morejón, «Panorama de las generaciones ecuatorianas», en *El guacamayo y la serpiente,* 11, Cuenca, Núcleo del Azuay de la Casa de la Cultura Ecuatoriana, 1975, pág. 67. Este ensayo fue también publicado como libro: *La pluma y el cetro,* Cuenca, Universidad de Cuenca, 1977.

profundiza en el impacto intelectual de Riofrío, consolidándolo como novelista y una figura fundamental de la narrativa romántica ecuatoriana[40].

Antonio Sacoto ubica a Riofrío en su edición de *La emancipada* como «primera novela ecuatoriana» al lado de *El periquillo sarniento* (1816) de Lisardi, *El matadero* (1837) de Echeverría, *Amalia* (1851) de Mármol y *Cecilia Valdés* (1839) de Villaverde[41].

Esta pluralidad de interpretaciones evidencia la rica y multidimensional contribución de Miguel Riofrío al panorama cultural de Ecuador. Su obra literaria, junto con su legado como poeta, narrador, lingüista y mentor, lo posiciona como un actor fundamental en el desarrollo cultural e intelectual del país.

Miguel Riofrío vivió en una época marcada por intensos cambios políticos, sociales y culturales en Ecuador y América Latina. Su obra, tanto narrativa como poética, está vinculada, como hemos señalado, al romanticismo, reflejando los ideales, las inquietudes y los conflictos de su tiempo. Como ha señalado Hernán Rodríguez Castelo, Riofrío se inserta en la generación romántica, dentro de las coordenadas históricas y literarias que marcan esa etapa en el Ecuador. Sin embargo, podemos constatar que, en la obra de Miguel Riofrío, la literatura se convierte en un medio a través del cual la experiencia adquiere una forma única,

---

[40] En la colección Clásicos Ariel, específicamente en los números 14, 47, 9 y 31, Hernán Rodríguez Castelo incluye estudios introductorios que mencionan la obra de Miguel Riofrío, abordándolo como novelista y poeta romántico. Dentro de estos análisis, Rodríguez Castelo explora tanto la personalidad como la obra literaria de Riofrío, destacando sus contribuciones como autor de *La emancipada* y *María*. Aunque se detiene en aspectos relacionados con su producción poética, el enfoque principal recae en su legado como novelista.

[41] Antonio Sacoto, «Introducción», en Miguel Riofrío, *La emancipada,* Cuenca, Publicaciones del Departamento de difusión cultural de la Universidad de Cuenca, 1983, págs. 7-19.

adaptándose al universo que esta misma genera. Para él, los hechos y las realidades no solo se presentan, sino que se plantean como interrogantes, se desenvuelven en relatos, se observan desde distintos ángulos, se leen con intención y, finalmente, se comprenden. Todo esto ocurre en el espacio libérrimo de la ficción, un ámbito donde la realidad se transfigura para abrirse a la interpretación y al análisis, permitiendo que la experiencia literaria sea un puente entre lo vivido, lo imaginado y lo reflexionado.

Por otro lado, Juan Valdano Morejón lo ubica en la segunda vertiente de la generación de 1824, que también presenta características románticas, pero con un enfoque particular hacia la fundación y organización republicana, tareas fundamentales tras la independencia del país[42]. En una línea similar, dentro del esquema generacional del teórico cubano José Juan Arrom, Riofrío formaría parte de la generación de 1834[43], a la que denomina la primera plenamente romántica en el continente. Según Arrom, sin embargo, a pesar de los múltiples romanticismos europeos es importante «tener en cuenta que el romanticismo hispano-

[42] Juan Valdano Morejón, «Panorama de las generaciones ecuatorianas», en *El guacamayo y la serpiente,* 11, Cuenca, Núcleo del Azuay de la Casa de la Cultura Ecuatoriana, 1975, pág. 67 y ss. Este ensayo inicial evolucionó hasta convertirse en el libro *La pluma y el cetro,* publicado en 1977 por la Universidad de Cuenca. Siguiendo el modelo de análisis generacional propuesto por filósofos e historiadores como José Ortega y Gasset, Valdano agrupó a los escritores y pensadores ecuatorianos en diferentes generaciones, destacando sus rasgos comunes, influencias y contribuciones al desarrollo cultural del país. Este enfoque permitió comprender mejor la evolución del pensamiento ecuatoriano, las corrientes ideológicas predominantes en distintos periodos y la manera en que cada generación de intelectuales respondió a los desafíos de su tiempo. Su trabajo estableció un marco de referencia clave para el estudio de la literatura y el arte en Ecuador, brindando una visión más estructurada de su historia intelectual.

[43] José Juan Arrom, *Esquema generacional de las letras hispanoamericanas (ensayo de un método) (continuación), Thesavrvs,* 17(1), 1962, pág. 110.

americano, a pesar de esos y otros influjos, se arraiga en nuestro suelo, se adapta a nuestro medio, se pliega a nuestra sensibilidad y adquiere así características propias»[44]. Aunque estas interpretaciones tienen matices diferentes, todas coinciden en reconocer a Riofrío como un romántico profundamente comprometido con las realidades y los ideales de su época. Si hay un aspecto que se puede destacar de la supuesta adherencia «romántica» de Riofrío es quizá la relación que tiene en su *nouvelle,* como forma indecisa, lo no-revelado *(das Unverborgene)* y la narración. Esta forma de narración que encubre y descubre, que vela y re-vela un significado oculto, está también entre las inquietudes románticas, principalmente del romanticismo alemán. Interpretar y leer lo no-narrado está relacionado con los múltiples prejuicios étnicos, de clase y de género, que marcaban la sociedad de su época pos-independencia.

La vida de Riofrío transcurrió en un periodo clave para Ecuador, desde los años inmediatamente posteriores a la independencia. El Primer Grito de Independencia de Quito en 1809, la matanza del 2 de agosto de 1810 y la posterior proclamación de independencia de Guayaquil en 1820 conformaron los antecedentes más inmediatos de su nacimiento[45]. En 1822, año en que Riofrío vino al mundo, se libró la batalla de Pichincha[46], asegurando la libertad del territorio.

Posteriormente, Ecuador atravesó eventos complejos, como la disolución de la Gran Colombia en 1830 y las guerras internas que definirían su configuración política. Fue una época de inestabilidad, marcada por frecuentes

---

[44] José Juan Arrom, *Esquema generacional de las letras hispanoamericanas, op. cit.,* pág. 116.

[45] Fausto Aguirre, «Estudio introductorio», *op. cit.*, pág. 32.

[46] En la mañana del 24 de mayo de 1822 el general venezolano Antonio José de Sucre derrotó a los realistas en las faldas del volcán Pichincha. Esa batalla definió el curso de la independencia de lo que hoy es Ecuador.

cambios de gobierno, múltiples constituciones y movimientos revolucionarios, entre ellos la revolución marcista de 1845[47] y el gobierno de Gabriel García Moreno[48] hacia el final de la vida de Riofrío. Estos cambios configuran el trasfondo de una generación encargada de «fundar y organizar la República», según Valdano Morejón[49].

La generación de 1834, a la que pertenece Miguel Riofrío según José Juan Arrom, enfrentó un contexto cultural

---

[47] La Revolución Marcista fue un movimiento insurgente que tuvo lugar en Ecuador el 6 de marzo de 1845, marcando el fin del gobierno de Juan José Flores, el primer presidente del país tras su independencia. Este levantamiento fue impulsado por sectores liberales y militares que rechazaban el régimen centralista y autoritario impuesto por Flores, quien había gobernado en dos periodos (1830-1834 y 1839-1845) consolidando un poder personalista que generó amplio descontento. Los revolucionarios, encabezados por Vicente Ramón Roca, José Joaquín de Olmedo y Diego Noboa, lograron derrocar a Flores, instauraron un gobierno provisional y promovieron cambios políticos que dieron paso a una nueva Constitución en 1845. Este episodio histórico representó un punto de inflexión en la política ecuatoriana, fortaleciendo las ideas liberales y limitando el poder presidencial, en un esfuerzo por establecer un sistema de gobierno más participativo y democrático.

[48] El gobierno de Gabriel García Moreno en Ecuador (1861-1865 y 1869-1875) se caracterizó por su autoritarismo, centralización del poder y una estrecha alianza con la Iglesia Católica. Su administración dejó una huella significativa en la historia del país, estableciendo un modelo de gobierno basado en el orden, la disciplina y los principios religiosos. Durante su gestión, promovió la modernización de la infraestructura, con la construcción de carreteras y ferrocarriles, además de impulsar reformas educativas bajo la tutela de la Iglesia. Sin embargo, su gobierno también estuvo marcado por una fuerte represión política, persiguiendo a liberales, intelectuales y opositores. Su segundo mandato consolidó un régimen aún más conservador con la Constitución de 1869, que declaró a Ecuador un Estado oficialmente católico. El 6 de agosto de 1875, García Moreno fue asesinado en Quito, víctima de una conspiración que buscaba poner fin a su dominio. Su legado sigue siendo motivo de debate: algunos lo ven como un líder que modernizó el país y defendió la identidad religiosa de Ecuador, mientras que otros lo consideran un dictador que restringió libertades en nombre del orden y la fe.

[49] Juan Valdano M., *La pluma y el cetro, op. cit.*, pág. 47.

y político contradictorio. Arrom señala que esta etapa sucedió a una era de hazañas épicas y la llegada del romanticismo. Fue un periodo de reconstrucción donde los ideales de progreso chocaron con una realidad fracturada. Según Arrom, este escenario de caos social y político propició la aparición de los caudillos como figuras predominantes en América Latina. «A una etapa de épicas hazañas siguió otra de agotamiento y frustración»[50].

A esta generación se sumaron intelectuales y líderes que dividieron sus ideales entre dos posturas: aquellos que aspiraban a conservar las instituciones coloniales bajo una forma moderadamente independiente, y aquellos que abogaban por reemplazar el antiguo orden con sistemas genuinamente republicanos y progresistas. Riofrío, como romántico, defendió ideales que, al mismo tiempo, ensalzaban la libertad y la lucha contra la injusticia social, aunque su narrativa no dejó de reflejar las contradicciones y desafíos de su entorno.

Miguel Riofrío destacó como poeta, novelista, crítico literario, lingüista, educador, diplomático y periodista. Estas múltiples facetas lo convirtieron en una figura integral de su época. *La emancipada* se inserta en un contexto literario y cultural que refleja la transición de un Ecuador independiente pero caótico hacia la consolidación republicana.

Una breve introducción a la novela decimonónica hispanoamericana

Según la importante teoría sobre la construcción de las naciones de Benedict Anderson, las comunidades nacionales establecidas en América Latina en el siglo XIX fueron especialmente comunidades imaginadas *(imagined commu-*

---

[50] José Juan Arrom, *Esquema generacional de las letras hispanoamericanas, op. cit.*, pág. 110.

nities), lo que significa, como él argumenta, que «son imaginadas porque los miembros de incluso la nación más pequeña nunca conocerán a la mayoría de sus correligionarios, ni se reunirán con ellos, ni siquiera oirán hablar de ellos, pero en la mente de cada uno vive la imagen de su comunión»[51]. Para Anderson, una nación es «una comunidad política imaginada, imaginada como inherentemente limitada y soberana»[52]. Un papel importante en esta generación de una comunidad nacional tuvieron, según Anderson, los medios impresos, especialmente el periódico que empezó a circular, un ejemplo de ellos serían las publicaciones del ilustrado quiteño Eugenio Espejo, a partir de finales del siglo XVII[53]. El capitalismo-impreso, como llama Anderson a los empresarios que imprimían sus libros y medios de comunicación en una lengua específica, permitió que varios lectores se reunieran bajo una lengua oficial debido a la maximización de la circulación de estos medios, permitiendo entenderse entre ellos, formar un discurso común al que se sentían vinculados. Estas lenguas de impronta nacional permitían, por tanto, que los lectores se imaginaran a sí mismos como parte de un grupo al que pertenecen juntos, siendo así una nación, una comunidad imaginada construida socialmente. ¿Por qué es esto tan importante para América Latina? Porque Anderson elabora su concepto sobre el ejemplo de las naciones independientes latinoamericanas del siglo XIX y porque sobre este funda-

---

[51] Benedict Anderson, *Comunidades imaginadas. Reflexiones sobre el origen y la difusión del nacionalismo,* México D. F., Fondo de Cultura Económica, pág. 23.

[52] Íd.

[53] Véase al respecto Fernando Nina, «Teología, *writing as poaching* y autorreflexividad incluyente. Los sermones del ilustrado americano Eugenio Espejo», en: Markus Ebenhoch, Veronika Österbauer (eds.): *La religión, las letras y las Luces. El factor religioso en la Ilustración española e hispanoamericana,* Serie Europäische Aufklärung in Kultur und Sprache, Frankfurt, Peter Lang, 2015, págs. 153-168.

mento, otra crítica, Doris Sommer, construye su idea de las ficciones fundacionales *(foundational fictions)*[54]. Para Sommer las ficciones fundacionales son precisamente la continuación del pensamiento de Anderson sobre las comunidades imaginadas como un factor exterior insertado ahora en el interior de las novelas (es decir, los medios impresos) de la América Latina del siglo XIX. Sommer postula que los escritores y lectores de las novelas del siglo XIX que se volvieron entonces canónicas a través de la educación habían estado asumiendo, de hecho, una relación de *naturaleza alegórica* entre las narrativas personales en las novelas y la política. Por eso Sommer llama a estas novelas «romances nacionales», donde una constante fe sostiene la interdependencia entre el amor y la política. Así para Sommer esta comunidad imaginada funciona mediante la alegoría que los romances nacionales, la historia de amor que se presenta en la novela, establece entre el lector y los personajes dentro de la trama de la novela. Para Sommer, por tanto, alegoría significa una estructura narrativa en la que una línea es huella de la otra, en la que cada una ayuda a escribir la otra y por eso concluye que «en las epopeyas sentimentales, un significado no apunta simplemente a otro registro, inalcanzablemente sublime, sino que depende del otro. El asunto romántico necesita de la nación, y las frustraciones eróticas son retos para el desarrollo nacional»[55]. Ahora bien, ¿por qué cree Sommer que las historias de amor de las novelas nacionales y su realización son tan importantes para la construcción nacional de las naciones latinoamericanas? Aquí se está refiriendo a la teoría de Fredric Jameson sobre los textos del tercer mundo, que según él son «necesariamente alegóricos, y de una manera muy específica: deben

---

[54] Doris Sommer, *Foundational Fictions. The National Romances of Latin America,* Berkeley, University of California Press, 1991.

[55] Doris Sommer, *Foundational Fictions, op. cit.,* pág. 50, la traducción es mía.

ser leídos como lo que yo llamo alegorías nacionales»[56], lo que significa que para Jameson hay una diferencia en la forma en que el primer mundo y el tercer mundo tratan la literatura y qué tipo de papel tiene dentro de la sociedad. En el primer mundo, según Jameson, la literatura es un asunto de la esfera privada más que de la pública, una cuestión de gustos individuales y meditaciones solitarias más que de debate y deliberación públicos; las estructuras alegóricas son inconscientes. Por otra parte, en el tercer mundo las relaciones entre lo privado y lo público son diferentes: mientras que en el primer mundo el compromiso político está recontenido, psicologizado, subjetivizado y las energías políticas psicológicamente interiorizadas, en el tercer mundo hay una «falta» de estas «energías sublimadas», necesariamente una exteriorización (que podría verse como un estado de todavía no, todavía no completamente) y los textos literarios se dirigen/hablan a su contexto de una forma que es más que una simple autorreferencialidad explícita: las alegorías nacionales son manifiestas y conscientes. Según Jameson, las «sociedades del tercer mundo» superan los traumas de la colonización a través de la alegoría. Pero ¿qué es una alegoría? Una alegoría es un signo complejo que funciona de manera diferente al símbolo, por ejemplo, mientras el símbolo funciona a través de la identificación (la cruz en el cristianismo) la alegoría funciona a través de la diferencia (la alegoría más conocida es la de la justicia, una mujer con los ojos velados y una balanza y una espada en cada mano). Una alegoría como la entiende Sommer, para volver a su teoría sobre las novelas latinoamericanas del siglo XIX, se entiende como Walter Benjamin entendía la ale-

[56] Fredric Jameson, «Third-World Literature in the Era of Multinational Capitalism», en *Social Text* 15, 1986, págs. 65-88. Véase al respecto también su obra fundamental *The Political Unconscious. Narrative as a Socially Symbolical Act,* Londres / Nueva York, Routledge, 1983.

goría, como una ruina[57]: un signo complejo que transporta en sí huellas de significaciones pasadas, con significados múltiples y en constante cambio. Al final tenemos una «transferencia de emociones a las naciones; identificación con los amantes donde la pasión heterosexual se convierte en pasión por la nación»[58]: si la historia de amor tiene éxito dentro de la novela, también el futuro de la nación será una sociedad donde los individuos libres puedan vivir una relación sin trabas, que al final es, como diría Robert Folger, la idea básica del liberalismo económico[59]. Contra esta lectura alegórica ha habido varias críticas, algunas complemen-

---

[57] Para Walter Benjamin, la ruina no representa únicamente un vestigio de destrucción o decadencia, sino un espacio de revelación donde emergen las huellas de lo que pudo haber sido. En estos fragmentos del pasado, incompletos o relegados, se pueden hallar claves fundamentales para comprender la historia y cuestionar la idea de un progreso lineal. Su concepción de la ruina está estrechamente ligada a su visión de la historia como un proceso discontinuo, marcado por interrupciones. Frente al enfoque historicista, que concibe el pasado como una sucesión ordenada de acontecimientos dirigidos hacia un futuro ideal, Benjamin pone énfasis en las fracturas, las pérdidas y los silencios que configuran el devenir histórico. En su funcionamiento interno, las novelas latinoamericanas del siglo XIX reflejan las dinámicas de las relaciones sociales, las cuales a su vez influyen y definen su práctica. Lo esencial es que el vínculo con otros textos, aquellos creados por otros autores y utilizados en la escritura, así como la conexión con la tradición literaria preexistente que actúa como base de producción, está atravesado y condicionado por las estructuras de propiedad del continente americano. De este modo, los escritores afrontan de manera particular la tensión entre la dimensión social de la escritura y la apropiación privada, una contradicción que se manifiesta en la forma particular en la que reconfiguran la cita, la parodia, la traducción, el pastiche y el apócrifo.

[58] Doris Sommer, *Foundational Fictions, op. cit.*, pág. 31, la traducción es mía.

[59] Véase Robert Folger, «El régimen visual, el cuerpo femenino, y la nación imposibilitada en el Ecuador del siglo XIX: *La emancipada* (1863) de Miguel Riofrío», en Robert Folger, J. Elías Gutiérrez Meza, *La mirada del otro en la literatura hispánica,* Wien, LIT, 2017, pág. 137-153.

tarias, otras más bien contrarias. Stephan Leopold[60] critica la lectura alegórica de Sommer como demasiado optimista, porque se basa en la idea de que, aunque la historia de amor no triunfe en las novelas, se puede encontrar un proyecto utopista de la nación futura dentro de las novelas. Por lo tanto, para Leopold este carácter solo eufórico de los romances familiares que se leen como alegorías nacionales olvida ver el aspecto disfórico de la alegoría, cuando una comunidad es testigo de una tragedia que también puede construir una comunidad imaginada precisamente porque es una comunidad de duelo, siguiendo el concepto de *Trauerarbeit* de Freud[61], donde el ritual del duelo ayuda al individuo a participar en su propia mortalidad y a superarla, y a fijar su futuro en la inmortalidad. La comunidad de duelo que lee las decepciones y los fracasos de las novelas los relaciona con sus propias decepciones presentes y con sus esperanzas de futuro. Esta sería entonces una lectura complementaria de la tesis de Doris Sommer sobre las novelas latinoamericanas del siglo XIX. Una lectura contraria al concepto de Sommer es la contragoría o contraalegoría del peruano Gustavo Faverón[62] que define como «una alegoría con los pies agusanados por la invasión de la disidencia»[63]. Es decir, que las novelas del siglo XIX no pue-

---

60 Stephan Leopold, «Introducción: ¿Y cómo se escribe la Independencia?», en Robert Folger y Stephan Leopold (eds.), *Escribiendo la independencia. Perspectivas postcoloniales sobre la literatura latinoamericana del siglo XIX*, Frankfurt/M.: Vervuert-Iberoamerikanisches Institut 2010, págs. 7-19.

61 Sigmund Freud, «Trauer und Melancholie» (1917), en *Studienausgabe,* tomo III: *Psychologie des Unbewussten,* Frankfurt, Fischer, 1975, págs. 194-212.

62 Gustavo Faverón Patriau, *Contra la alegoría. Hegemonía y disidencia en la literatura latinoamericana del siglo* XIX, Theorie und Kritik der Kultur und der Literatur / Teoría y Crítica de la Cultura y de la Literatura, Leipzig, Olms Verlag, 2011.

63 Gustavo Faverón Patriau, *Contra la alegoría, op. cit.,* pág. 49. Faverón Patriau aborda el barroco como el periodo en el que se origina la por

den ser leídas únicamente como alegorías que fantasean los sueños de los criollos de una nación sana e ideal, sino que dentro de ellas también se puede y necesariamente se debe encontrar la disidencia con ese impulso monológico y orgánico que Faverón Patriau sospecha se esconde detrás de la alegoría de las ficciones fundacionales como historias de amor. Hay un lado dentro de estas novelas que es caótico y que es un discurso contradictorio. Uno puede encontrar dentro de las novelas del siglo XIX de América Latina también los discursos marginales de los indígenas y de la población afrodiaspórica americana, dilucidando así una sociedad multifacética con un sujeto multifacético, por lo que los autores de estas novelas, donde los discursos que quieren silenciar y olvidar también los constituyen, también son parte de ellos. Ángel Rama, crítico uruguayo y uno de los críticos literarios más importantes de la América Latina del siglo XX, afirma que después de las Guerras de Independencia del siglo XIX el poder de la escritura / de la letra se unificó a ciertas «políticas de la representación»[64]. Fueron los letrados quienes, actuando bajo la autoridad del saber, elaboraron series de cartografías con tendencia a «fundar» las nacionalidades latinoamericanas. Delimitaron las fronteras que separaban lo normal de lo patológico, lo legal de lo ilegal y la civilización de la barbarie. El proyecto

---

él denominada *contragoría*. A partir del análisis de los grabados de *El primer nueva crónica y buen gobierno* (1615) de Felipe Guamán Poma de Ayala, muestra cómo la literatura colonial presenta una estructura que permite dos niveles de lectura: uno que refuerza el discurso dominante y otro que lo cuestiona. Esta dualidad, afirma Faverón Patriau, resurge en la literatura poscolonial, a pesar del intento de la élite criolla por imponer una narrativa unificada.

[64] En su influyente ensayo *La ciudad letrada* (1998) Ángel Rama aborda el «problema obsesivo» de la reforma ortográfica entre los educadores de la época, interpretándolo como una preocupación por la escritura y su legitimación mediante normas que se pretendían lo más racionales posible (pág. 55).

fundacional de la nación dotó a la escritura/letra de un poder, una gramática, leyes, códigos morales y saberes filosófico-literarios. Estas prácticas obedecen a la necesidad de generar una sociedad liberal disciplinada, un cuerpo social donde todas las formas de subjetividad estuvieran en función del orden de los signos que garantiza el conocimiento. La meta era convertirse en una «nación moderna», como lo fueron Francia, Gran Bretaña o los Estados Unidos, que pudiera garantizar la entrada de América Latina en la dinámica del capitalismo internacional. Las «pequeñas historias», las articuladas desde la oralidad y la diferencia quedaron incorporadas a los grandes relatos llamados a producir la verdad omnicomprensiva de una Historia Nacional. El ideal minoritario de ciudadanía se impuso violentamente sobre todas las demás subjetividades que se constituyeron sobre otras temporalidades y lógicas: campesinos, indígenas, personas con discapacidades mentales y corporales, ancianos, homosexuales y no adaptados de ningún tipo. Estas subjetividades debían ser castigadas, tratadas mediante terapia o domesticadas por instancias disciplinarias que la escritura/letra había delimitado cuidadosa y previamente. La *ciudad real* eran todos y todas los que estaban fuera de esta «ciudad letrada» que se basaba en la primacía de la representación y en las instituciones y prácticas que se fundaban en la subjetividad de los letrados, los que sabían leer y escribir la lengua oficial: el español. Por lo tanto, la subjetividad del letrado no preexiste a la consolidación de la escritura como espacio de representación, sino que, por el contrario, es «producida» por la propia representación. Así aquí, el sujeto y el objeto de conocimiento tienen una génesis recíproca. Pero el objeto de reflexión designa y produce aquí también las subjetividades que se permiten reflexionar sobre ellos. La élite letrada del siglo XIX, argumenta Rama, no son héroes que a través del libre albedrío rompan las estructuras de conocimiento (epistémicas) impuestas por los procesos de auto-reproducción social, por la única razón de que no pudieron trascenderlas. Este punto de argumentación divide el pensamiento (reflexión) en espacios institucionalizados de la sociedad donde el conocimiento separa a los habitantes de la «ciudad real» y los de la «ciudad letrada». Me gustaría tener en cuenta todos estos argumentos cuando propongo leer las novelas latinoamericanas del siglo XIX desde la interdependencia de tres intermitencias epistemológicas: es decir, una amalgama de tres aspectos diferentes que están constantemente en relación unos con otros; me gustaría llamarlos «reflexividades». Para ilustrarlas quisiera tomar una frase de la *Carta de Jamaica* de Bolívar, que ustedes ya conocen, la frase puede ser vista como una de las primeras definiciones de la identidad latinoamericana: «Nosotros somos un pequeño género humano»[65]. Somos un pequeño género humano. Sostengo que la palabra más importante de esta frase es la palabra «género», y que podemos derivar de su etimología los tres aspectos más importantes para la comprensión de la América Latina del siglo XIX: género entendido primero como el componente biológico-etnológico, segundo como re-generación (importante para un continente que buscaba un nuevo comienzo después del colonialismo) y a través de la independencia, es decir el componente político-histórico de creación de nuevas nacionalidades y estados, nuevas constituciones, y tercero el significado de género como generación de familias, de legado de padres, es decir, una legitimación/legalización generacional para construir una nueva sociedad, que yo llamo el componente jurídico-genealógico. Lo biológico-etnológico, lo político-histórico y lo jurídico-genealógico pueden verse en las novelas latinoamericanas del siglo XIX en tres dimensiones decisivas: espacio, tiempo y cuerpo (corporalidad).

---

[65] Simón Bolívar, «Carta de Jamaica», en *Doctrina del Libertador,* Manuel Pérez Vila (ed.), Caracas, Biblioteca Ayacucho, 2009 [1815], pág. 73.

Me gustaría mostrar estos tres aspectos en tres novelas paradigmáticas del siglo XIX para esquematizar esta teoría y para tener una idea clara de lo que hay detrás de estos textos literarios del siglo de la Independencia. El primer texto que me gustaría analizar es la obra clásica de Domingo Faustino Sarmiento, *Facundo,* con el subtítulo *Civilización y barbarie* de 1845[66]. Domingo Faustino Sarmiento fue un educador, periodista, escritor y político que llegó a ser el séptimo presidente de Argentina entre 1868 y 1874. En este texto, que aparece en varias entregas en el diario *El progreso,* confirmando la tesis de Anderson sobre las comunidades imaginadas que se construyen, por ejemplo, leyendo juntos un periódico y por lo tanto permitiendo a un grupo de personas pensarse como pertenecientes a un territorio común, el libro, es por un lado una biografía de Juan Facundo Quiroga, que puede ser visto como un predecesor de Juan Manuel Rosas, el caudillo federalista argentino (prototipo de la especie de líder militar, con poder económico) y 13.º gobernador de la Confederación Argentina independiente de 1829 a 1852, que gobernó en parte de manera dictatorial el país, y que envió al exilio a Sarmiento, su oponente político en 1840[67]. Por otra parte, *Facundo* es también un análisis del progreso político, social y cultural de Argentina en la primera mitad del siglo XIX. El texto se puede dividir en tres partes, los primeros cuatro capítulos son una descripción geográfica y un esbozo de Argentina y sus habitantes, con una clara dicotomía entre Pampas, el campo interior llano y sus habitantes los gauchos, que son descritos detalladamente, y por otro lado Buenos Aires, la ciudad, con sus sistemas fluviales como vías de comunicación, la posibilidad de comercio, la influencia de Europa y

[66] Domingo Faustino Sarmiento, *Facundo,* Madrid, Cátedra, 2005 [1845], págs. 11-18.

[67] Roberto Yahni, «Introducción», en Domingo Faustino Sarmiento, *Facundo, op. cit.,* págs. 11-18.

por lo tanto su presunta «civilización». Buenos Aires fracasó, según Sarmiento, en extender la civilización a las zonas rurales que eran tan desérticas, y tan vacías y anchas, que estaban condenadas a la barbarie. Este temor por las zonas vacías y amplias es un temor por lo incontrolable, por la tierra que no puede ser contenida, el país y la nación que no pueden ser demarcados. A pesar de esta identificación de la Pampa con la barbarie, hay una fascinación de Sarmiento por estos habitantes supuestamente «bárbaros» del campo, lo que se puede ver en el hecho de que la mayor parte literaria del texto son las descripciones de los diferentes tipos de gauchos, que Sarmiento ve como «bárbaros», incultos, ignorantes y arrogantes y cuyo carácter impidió el progreso de la sociedad argentina hacia la civilización. Los capítulos 5-13 son la descripción de la vida de Juan Facundo Quiroga, desde su infancia hasta su asesinato, los capítulos 14-15 son la liquidación con los métodos dictatoriales de Rosas. Quiero llamar la atención sobre la descripción inicial del llamado *Tigre de los Llanos* que abre la biografía de Juan Facundo Quiroga en el capítulo 5:

> MEDIA entre las ciudades de San Luis y San Juan un dilatado desierto, que, por su falta completa de agua, recibe el nombre de travesía. [...] En esta travesía tuvo lugar, una vez, la extraña escena que sigue: las cuchilladas, tan frecuentes entre nuestros gauchos, habían forzado, a uno de ellos, a abandonar precipitadamente la ciudad de San Luis, y ganar la travesía a pie, con la montura al hombro, a fin de escapar de las persecuciones de la justicia. [...] No eran, por entonces, sólo el hambre o la sed los peligros que le aguardaban en el desierto aquel, que un tigre cebado andaba hacía un año siguiendo los rastros de los viajeros, y pasaban ya de ocho, los que habían sido víctimas de su predilección por la carne humana. Suele ocurrir, a veces, en aquellos países en que la fiera y el hombre se disputan el dominio de la naturaleza, que éste cae bajo la garra sangrienta de aquélla: entonces, el tigre empieza a gustar de

preferencia su carne, y se llama cebado cuando se ha dado a este nuevo género de caza, la caza de hombres. El juez de la campaña inmediata al teatro de sus devastaciones convoca a los varones hábiles para la correría, y bajo su autoridad y dirección, se hace la persecución del tigre cebado, que rara vez escapa a la sentencia que lo pone fuera de la ley. Cuando nuestro prófugo había caminado cosa de seis leguas, creyó oír bramar el tigre a lo lejos, y sus fibras se estremecieron. [...] Desde entonces, ya no bramó el tigre: acercábase a saltos, y en un abrir y cerrar de ojos, sus enormes manos estaban apoyándose a dos varas del suelo, sobre el delgado tronco, al que comunicaban un temblor convulsivo, que iba a obrar sobre los nervios del mal seguro gaucho. Intentó la fiera dar un salto, impotente; dio vuelta en torno del árbol midiendo su altura con ojos enrojecidos por la sed de sangre, y al fin, bramando de cólera, se acostó en el suelo, batiendo, sin cesar, la cola, los ojos fijos en su presa, la boca entreabierta y reseca. Esta escena horrible duraba ya dos horas mortales: la postura violenta del gaucho y la fascinación aterrante que ejercía sobre él la mirada sanguinaria, inmóvil, del tigre, del que por una fuerza invencible de atracción no podía apartar los ojos, habían empezado a debilitar sus fuerzas, y ya veía próximo el momento en que su cuerpo extenuado iba a caer en su ancha boca, cuando el rumor lejano de galope de caballos le dio esperanza de salvación. [...] La fiera, estirada a dos lazos, no pudo escapar a las puñaladas repetidas con que, en venganza de su prolongada agonía, le traspasó el que iba a ser su víctima. «Entonces supe lo que era tener miedo» —decía el general don Juan Facundo Quiroga, contando a un grupo de oficiales, este suceso[68].

Lo que podemos leer aquí no es solo el lado salvaje, «bárbaro» de los habitantes de la Pampa y la relación que se establece con el enemigo político Facundo Quiroga, al adjudicarle las mismas características; también estamos pre-

[68] Domingo Faustino Sarmiento, *Facundo, op. cit.*, págs. 127-130.

senciando no solo la admiración por las fuerzas de la naturaleza, sino también una fascinación aterradora por el propio Quiroga. Los gauchos de la Pampa, mayoritariamente del lado de los federales como Facundo, tenían algo que a los unitarios como el propio Sarmiento les faltaba: un mito, una historia de fuerza, de hombría, una forma tradicional de vivir en el campo. La «civilización» promovida por unitarios como Sarmiento, que creía que el futuro de la Argentina estaba en occidentalizarse y parecerse más a los Estados Unidos (como presidente alentó la inmigración de europeos) no podía ser tan atractiva como su barbarie, a pesar de sus protestas. Si combinamos este pasaje aquí con mi propuesta de tres categorías de comprensión y sus tres dimensiones, todas ellas están presentes en esta cita. *Facundo* es ya una premonición de las terribles campañas del Desierto[69] que impulsó Sarmiento, ataques militares en las pampas rurales del sur argentino, que tenían como único objetivo exterminar a la población indígena, por lo que el aspecto etnológico-biológico es aquí decisivo, articulado sobre el cuerpo de la propia nación. Sarmiento, como se dijo, siguió una política de *blanqueamiento* de la población a través de la promoción de la inmigración europea durante su periodo donde más de medio millón de europeos ingresaron a la Argentina con la condición de poblar la Pampa[70]. Aquí vemos claramente el aspecto de *re-generación* de

[69] La denominada campaña o conquista del Desierto fue la ocupación militar violenta del estado argentino de los territorios indígenas del área pampeana y patagónica entre fines de la década de 1870 y mediados de la de 1880. La palabra «campaña» es un eufemismo utilizado que presentaba las acciones militares como una empresa civilizadora y de expansión territorial, invisibilizando la violencia, el exterminio y el despojo sufridos por los pueblos originarios. Véase al respecto Andrés Bonatti y Javier Valdez, *Una guerra infame. La verdadera historia de la Conquista del Desierto,* Buenos Aires, Edhasa, 2015.

[70] «Gobernar es poblar» dijo Alberdi, y fue esa frase el paradigma de los vencedores de Caseros inscripto en el preámbulo de la Constitución

una nueva nación demarcada, cercada, controlada y contenida, donde se definen las fronteras y los límites. Se trata claramente de una dimensión espacial donde se deroga el temor por la Pampa ancha y vacía. Por último, pero no menos importante, el aspecto jurídico-genealógico está en disputa en el *Facundo* de Sarmiento y la controversia entre el proyecto civilizatorio de la élite urbana y los gauchos de la Pampa permanece en una intermitencia dentro de la dimensión temporal, pues el proclamado progreso del modelo occidental necesita del aspecto regresivo del gaucho rural postergado, y por otro lado, su legitimación como esencia argentina solo puede encontrarse allí. Para no abolir al gaucho de la Pampa se lo ve como educable mientras que al indígena hay que destruirlo físicamente. Las dimensiones temporales del progreso y la tradición permanecen en una intermitencia que está en tensión y no puede resolverse dualísticamente.

Otro ejemplo de ficción fundacional es la novela *María*[71], del colombiano Jorge Isaac, de 1867. Sin duda *María* pertenece al canon de la novela latinoamericana, no solo por las más de cincuenta reediciones que tuvo la novela antes de 1900 (sin contar la temprana adaptación cinema-

---

de 1853 como la puerta abierta «a todos los hombres del mundo que quieran habitar el suelo argentino». Muchas veces se despobló para poblar. Las armas del ejército de línea exterminaron al indígena del desierto para hacerlo habitable por todos los hombres del mundo. Como el gaucho era inadaptable a las condiciones de la civilización importada, se lo exterminó. Sarmiento hizo una frase, «no ahorrar sangre de gauchos» y Mitre la ejecutó. La cabeza de El Chacho clavada en una pica en la plaza de Olta, dio testimonio de esa política civilizadora. La Universidad, el periodismo, los doctos, en una palabra, lo aplaudieron y lo justificaron. Los aluviones inmigratorios poblaron el desierto. La extensión dejó de ser «el mal que aquejaba a la República Argentina». Véase Arturo Jauretche, *Filo, contrafilo y punta,* Juárez Editor, Buenos Aires, 1969, pág. 45.

[71] Jorge Isaac, *María* (1867), edición de Donald McGrady, Madrid, Cátedra, 2006.

tográfica de 1918[72]) sino también porque al menos en el vasto territorio de la Gran Colombia y los países andinos (los modernos países de Colombia, Ecuador, Venezuela, Perú, Bolivia y partes de Panamá y el Caribe) y en casi toda Centroamérica, incluyendo Cuba y México, la novela fue introducida como lectura escolar temprana y generó un culto alrededor de la novela, al punto que incluso José Martí la calificó como «la novela de nuestro continente», confirmando así la conocida idea de las comunidades imaginadas que un latinoamericano había teorizado muchos años antes que Anderson: el peruano José Carlos Mariátegui, quien en sus *Siete Ensayos de Interpretación de la Realidad Peruana* de 1928 advierte que «el concepto de literatura nacional de la misma manera que es intemporal, no es demasiado específico, y no traduce una realidad mensurable e idéntica. [...] No aprehende sino la movilidad de los hechos [...]. La nación misma es una abstracción, una alegoría, un mito; no corresponde a una realidad constante exacta y científicamente determinable»[73]. La comunidad imaginada que explica Mariátegui se describe en *María* como una historia contada en tiempo condicional o también llamado tiempo futuro hipotético. La historia de la novela se resume fácilmente: Efraín (20 años), hijo de un hacendado de la región del Cauca fronteriza con el Pacífico ama a María (16 años), hija de un primo de su padre que queda huérfana de madre con raíces judías a temprana edad, por lo que es tomada y entregada al cuidado familiar de su tío don Jorge, un judío converso de Jamaica. Para la adopción de María, que originalmente llevaba el nombre judío de Esther, es condición que la niña se convierta al catolicismo y se le cambie el nombre. Los primos/amantes

---

[72] Cfr. Isleny Cruz-Carvajal, «*María,* de Jorge Isaacs: un siglo de adaptaciones en cine y televisión», en *Literatura y lingüística,* N°48, 2023, pág. 49.

[73] Mariátegui, José Carlos, *Siete ensayos de interpretación de la realidad peruana,* México D. F., Era, 1979 [1928], pág. 210.

crecen juntos como hermanos, se enamoran y comparten las pocas horas que tienen leyendo novelas románticas, en su mayoría francesas, y paseando por la naturaleza del exuberante Valle del Cauca en medio de una gran suspensión del tiempo cronológico, mientras en otro espacio temporal Efraín tiene estudios universitarios en Bogotá, Carlos, un amigo de la familia, busca infructuosamente la mano de María y Efraín es enviado a estudiar medicina en Londres. María se compromete con Efraín como esposa, pero solo puede llevar a cabo su unión con la condición de que Efraín termine sus estudios de medicina en Europa. María, que padece una extraña enfermedad nerviosa que le provoca repetidos ataques epilépticos, muere finalmente en ausencia de su amante, pero no sin antes enviarle una carta, que es lo que impulsa a Efraín a regresar a Colombia y descubrir que María ha muerto y ya ha sido enterrada. Con la visita a la tumba de su amada y una premonitoria desaparición en la solitaria y oscura pampa de la patria concluye la novela. En esta última carta María describe claramente en una frase lo que entiendo por tiempo condicional como tiempo de la novela y quisiera vincular este tiempo específico de la novela con el segundo aspecto de género: el aspecto de la (re)generación. La frase enigmática es: «Si esa felicidad no se hubiera roto, habría vivido para ti». El condicional tiene cuatro usos. Uno, en el que nos centramos aquí, es servir de «futuro en el pasado». Precisamente ese destello de tiempo es el que encontramos aquí. Me gustaría explicar este tiempo no solo como uno que rodea al acontecimiento y que es externo a él, sino como una «dimensión del acontecimiento mismo, que es siempre un tiempo pleno, un *Jetztzeit* o actualización momentánea, que está constituido por lo que ocurre "en" él»[74], parafraseando las

[74] Bolívar Echeverría, «El ángel de la historia y el materialismo histórico», en *La mirada del ángel. En torno a las tesis sobre la historia de Walter Benjamin,* Bolívar Echeverría (ed.), México D. F., Era, 2005, pág. 32.

palabras del filósofo ecuatoriano Bolívar Echeverría. Aquí queremos establecer la relación entre la necesaria (re)generación de algo nuevo, que es una intermitencia entre un pasado de felicidad (precolonial) y el ahora, entre la pasión que añora los vestigios del pasado y la nación o proto-nación del futuro que se construye con esta historia de amor. El descubrimiento de la realidad moderna, cambiante, la decadencia económica de los terratenientes en Colombia que se han abierto de una lógica doméstica a una lógica de mercado capitalista, como Mariátegui señaló más tarde, la lógica de la melancolía que rodea la historia también está «en» la historia y se convierte en teoría de la generación de la subjetividad latinoamericana. Esto significa que, a través de la intermitencia temporal del amor entre María y Efraín, el descubrimiento de la sensibilidad moderna está inextricablemente ligado al tiempo moderno. El único criterio para juzgar lo que aparece como destino aleatorio en el tiempo histórico, las constantes interrupciones de la relación entre Efraín y María en el tiempo, es el amor y la reflexión sobre este afecto en los protagonistas y testigos de los hechos. Como he tratado de explicar, en *María* estamos inmersos en la difícil relación entre pasado y futuro, que se muestra ejemplarmente a través de la historia de amor entre Efraín y María, una historia de amor caracterizada por constantes retrasos y desplazamientos durante toda la novela. Esta estructura temporal se combina, como he venido argumentando, con las otras dos categorías, con la biológico-etnológica, que se puede ver en una línea argumental adicional dentro de la novela que trata de la esclava negra africana Nay que, al igual que María, cambia su nombre y muere como Feliciana en América. Esta historia paralela es importante para entender también la intermitencia entre el pasado (negro, colonial, represivo) y el futuro (utópico, progresista, «liberal»). En *María* estos procesos internos son explícitamente procesos combinatorios entre la naturaleza (lo biológico-étnico), lo nuevo (re-generación) y el origen (genealógico), son una forma de complicidad, de comprensión que no puede ser penetrada, incluso el lector es solo un observador y solo tiene una intuición de esa *complicidad afectiva* dentro de este triple parpadeo.

En las dos últimas novelas, *Sab,* de la cubana Gertrudis Gómez de Avellaneda y *El Zarco,* del mexicano Ignacio Manuel Altamirano, estamos frente a dos novelas cuyo núcleo argumental es lo étnico-biológico, mientras que en *Facundo* de Sarmiento predominaba lo político-histórico y en *María* lo jurídico-genealógico, expresado en la fallida construcción de una estructura familiar sana y el matrimonio por amor. En *Sab,* publicada en 1841, la historia de amor no realizada entre Sab, el esclavo negro[75], y Carlota, su ama, pero también especie de pariente cercana, ya que creció con ella, hace de él una cierta forma de personaje indefinido: Sab no es realmente blanco ni negro, y esta forma intermedia de él es lo que nos muestra la importancia del aspecto étnico-biológico dentro de la novela. Al final, Carlota se casa con un comerciante inglés, por supuesto una especie de matrimonio concertado y fructífero, reproductivo, sobre todo en el sentido económico para la Isla de Cuba y para la nación venidera. La novela, escrita antes de la abolición de la esclavitud y también antes de la independencia de Cuba, es un excelente ejemplo de una novela que valientemente para su época critica en parte la esclavitud, pero por otro lado tiene todavía el recuerdo temeroso de la revolución de los esclavos en Haití en 1791 y que duró hasta el año 1804, un contexto que fue lo suficiente-

---

[75] Sab es presentado en la novela como un lugareño, pero no con el mismo estatus que un criollo o Enrique Otway, el comerciante inglés, a quien también salva la vida. La narración solo puede definirlo en una acumulación de negaciones: no es blanco, no es negro, no es un indio antillano, «no parecía un criollo blanco, tampoco era negro ni podía creérsele descendiente de los primeros habitadores de las Antillas». Gertrudis Gómez de Avellaneda, *Sab,* edición de José Servera, Madrid, Cátedra, 2005 [1841], pág. 40.

mente espantoso como para que la aristocracia blanca azucarera de la isla no fuera demasiado liberal con la población negra. El amor de Sab por Carlota, aunque ya descrito como desenfrenado al contrario del futuro marido inglés, es una relación amorosa que todavía no puede ser realidad, lo que significa que, en el contexto colonial, la ley operativa que determina la circulación de las mujeres entre los hombres blancos es el tabú del mestizaje[76]. Aunque la novela evidencie claramente que el concepto de raza es una construcción social, inventada y por lo tanto también posible de ser deconstruida, todavía hay dos elementos que dominan el nudo de la narración que hacen difícil ver solo una novela a favor de la abolición esclavista: por un lado, la amenaza del mimetismo[77] que viene del mulato o negro ilustrado y de esa manera una legitimación construida para el «proyecto civilizatorio de Occidente». Al final de la novela el hombre libre y ya no esclavo Sab se convierte en un defensor de las mujeres, y confiesa lo que sentía por Carlota en una carta decidora. La carta llega a Carlota a través de Teresa y finalmente así al lector, y en ella Sab establece un paralelismo entre el destino de los esclavos y el de las mujeres.

> ¡Oh!, ¡Las mujeres! ¡Pobres y ciegas víctimas! Como los esclavos ellas arrastran con paciencia su cadena y bajan la cabeza bajo el yugo de las leyes humanas. Sin otra guía que su corazón ignorante y crédulo, eligen un dueño para toda la vida. El esclavo al menos puede cambiar de amo, puede esperar que juntando oro comprará algún día su libertad; pero la mujer, cuando levanta sus manos enflaquecidas y su frente ultrajada para pedir libertad, oye al monstruo de voz sepulcral que le grita: «En la tumba [...]. Tu destino es

[76] Cfr. Frantz Fanon, *Piel negra, máscaras blancas,* Buenos Aires, Editorial Abraxas, 1973, pág. 59.

[77] Homi K. Bhabha, *The Location of Culture,* Londres, Routledge, 1994, pág. 121-131.

> triste, pero no te devuelvas nunca contra Dios... Dios no cierra jamás las puertas... los débiles como de los fuertes»[78].

Estas declaraciones de Sab suelen leerse en la investigación como *vox autoris,* es decir, como la voz de la propia autora. En este caso, Avellaneda hablaría en su propio nombre, por así decirlo. Doris Sommer en su libro *Foundational Fictions* denomina su capítulo sobre *Sab* con un título que se remonta a una famosa formulación de Gustave Flaubert. Flaubert escribió en una de sus cartas sobre su personaje Emma Bovary de *Madame Bovary:* «Emma, c'est moi»[79]. Sommer retoma este pensamiento y titula su capítulo «Sab, *c'est moi*». Sin embargo, si leemos esta fundamental cita desde la perspectiva decolonial podemos revelar varias capas de significación que se contradicen y que indican en qué sentido Avellaneda podría encontrarse detrás de esta carta de Sab al final de su novela. En primer lugar, se revela una ruptura en la argumentación de Sab. Por un lado, explica que ese «nosotros» al que se dirige, es decir, mujeres y negros, deben luchar contra el hombre blanco para librarse de las cadenas de su opresión. Pero al final de la carta exhorta a Carlota a no mezclar las leyes humanas con las leyes de Dios. Esto significa en última instancia: mantener el *statu quo* —en otras palabras, la sumisión a las leyes seculares— y de esta forma actuar exactamente en línea con la doctrina cristiana. Al final de la novela quedan muchas preguntas abiertas: ¿por qué Sab, en vez de regalar el billete premiado de lotería que tiene, no toma ese dinero y huye a Haití o intenta una vida en libertad junto a su amada Carlota? Probablemente porque está reprimiendo un miedo muy arraigado, un miedo que la propia autora, Avellaneda, también debió sentir. Como criolla blanca, pertenecía a una clase social que temía los

[78] Gertrudis Gómez de Avellaneda, *Sab, op. cit.*, pág. 270.
[79] Doris Sommer, *Foundational Fictions, op. cit.*, pág. 114.

levantamientos de esclavos en Cuba. El fantasma que está de fondo es el miedo a que se repitiera la revolución haitiana. El personaje de Sab encarna precisamente esta tensión: primero denuncia la esclavitud y la opresión de la mujer, pero luego lo relativiza todo con una actitud resignada: Dios no da a nadie más de lo que puede soportar. Aquí es donde se revela el miedo criollo. Si Avellaneda postulara la revolución contra los criollos, entonces estaría rompiendo un tabú. Es precisamente en este momento cuando la propia Avellaneda se refleja más claramente en Sab —Sab, *c'est moi*— porque su personaje adopta precisamente el apaciguamiento que corresponde más a un criollo que a la voz de un esclavo negro[80].

En México, el autor romántico Ignacio Manuel Altamirano puede considerarse una de las figuras más cruciales en el proceso de «imaginar» la nación ideal de México, que incluía también un intento de mantener unidos a los grupos dispares del país. Especialmente su novela *El Zarco, el bandido de los ojos azules* (1869) puede considerarse una obra clásica de la ficción mexicana del siglo XIX, más celebrada por su complejo examen de cuestiones políticas, históricas y sociales que por su historia, que parece ser un mero medio para alcanzar un fin. A pesar de la inestabilidad del argumento, que a menudo parece un sermón envuelto en las pretensiones de una novela, hay un personaje

---

[80] Hasta qué punto este temor se refleja también en la posición de género diseñada queda claro cuando se compara la carta de Sab con una intertextualidad famosa, que debe haber servido a Gómez de Avellaneda como texto previo e inspirador de su novela. La carta número 81 de *Les Liaisons Dangereuses* de Laclos es decisiva: en ella, no es Sophie sino Madame de Merteuil quien escribe al conde de Valmont. No solo habla de las ataduras impuestas a las mujeres, sino que también explica cómo consiguió liberarse de ellas y convertir a los hombres en sus esclavos. Sobre esto volveré más adelante cuando discutamos la intertextualidad de *Sab* con *La emancipada*. Este punto se lo agradezco a las conversaciones con Stephan Leopold.

que atrae de manera especial la atención del lector. Se narra la historia de Nicolás, el «indio» herrero que parece ser el héroe secreto de la trama, en lugar del Zarco, como podría sugerir en primer lugar el título de la novela. Muchas interpretaciones de la novela se centraron ya en el matrimonio entre Nicolás y Pilar, una mujer mestiza, como representación de la unión del auténtico ciudadano de México. Nicolás, el hombre de acción, y Pilar, la mujer de resistencia, se unen para abrir el camino de las clases elitistas y populares de México contra la explotación extranjera y la opresión interna. Aquí, sin embargo, vamos a fijarnos más en el personaje de Nicolás, ya que la elección de un indígena como personaje moral superior parece sorprendente, teniendo en cuenta el contexto de relaciones raciales en el que está escrita la novela. La sociedad de México en el siglo XIX, así como la del resto de América Latina, puede caracterizarse por su configuración jerárquica basada en la raza, que situaba a la población indígena en una posición inferior. Además, los lectores mexicanos y latinoamericanos de literatura estaban acostumbrados a figuras heroicas europeas, blancas o mestizas, por lo que también destaca el personaje de Nicolás como héroe. Por lo tanto, el desarrollo de Nicolás durante la novela es decisivo y se puede argumentar que la caracterización de Nicolás muestra signos de un complejo de inferioridad existente que sufre un cambio durante la novela. En la novela el Zarco, el bandido de los ojos azules, y el «indio» Nicolás se comunican en español, que muy probablemente no es su lengua materna, y su profesión es la de herrero, que es una profesión originaria de la época medieval en Europa y, por tanto, traída a América por los colonizadores españoles y portugueses. Esto demuestra que el propio Nicolás ya ha pasado por un proceso de adaptación o incluso de imitación de la cultura española. De hecho, se le describe como una persona sobresaliente en este entorno occidental, lo que queda claro inmediatamente al principio, cuando Doña Antonia, la madre de su amada Manuela, una «belleza blanca», le elogia por su superioridad moral como hombre honorable que sabe leer y escribir y que ya a su corta edad es maestro de herrería. Aunque Doña Antonia está sermoneando a su hija: «La buena apariencia se acaba con la enfermedad y la edad, y el dinero desaparece como el vino; solo el honor es un tesoro que nunca se agota», Manuela, sin embargo, se niega a escuchar a su madre y tiene su propia opinión sobre el herrero: «Estoy decidida, nunca me casaré con ese indio horrible, al que no puedo mirar... Me da un asco espantoso, no soporto su presencia»[81]. Manuela, con quien Nicolás desea casarse tan ansiosamente, no corresponde a sus sentimientos debido a su aspecto físico. Según ella, Nicolás es un «indio horrible», lo que lo reduce simplemente a su raza y demuestra su inferioridad física, tal como la percibe Manuela. Esta es una parte interesante de la novela que se puede relacionar perfectamente con los postulados Franz Fanon, el famoso psicoanalista nacido en Martinica. Por un lado, demuestra la creación del complejo de inferioridad por parte del colonizador sobre el sujeto colonizado. Así, Fanon afirma: «La inferiorización [del colonizado] es el correlativo indígena de la superiorización europea [...] Es el racista el que crea al inferiorizado»[82]. Aunque el marco histórico de la novela se sitúa poco después de la independencia de México, Manuela pertenece a los descendientes de los colonizadores y Nicolás es hijo de indios antiguamente colonizados. Sobre todo, la anterior cita ha demostrado que se perpetúa estructuras de poder basadas en el color de la piel. Por otra parte, Nicolás no hace nada para romper este círculo vicioso, ya que sus intenciones de casarse con Manuela siguen siendo las mismas, aunque es muy consciente de «su frialdad, su lejanía, su odio casi» hacia él. Una posible respuesta a este compor-

---

[81] Ignacio Manuel Altamirano, *El Zarco. Episodios de la vida mexicana en 1861-1863,* México D. F., Editorial de J. Ballesca, 1901, pág. 38.
[82] Frantz Fanon, *Piel negra, máscaras blancas, op. cit.*, pág. 79.

tamiento de Nicolás puede derivarse también de la obra de Fanon. Nicolás está decidido a casarse con Manuela, porque quiere «casarse con la cultura blanca, la belleza blanca, la blancura blanca». Según Fanon, el negro aspira al amor de una mujer blanca para volverse «más blanco» y como prueba de ser digno del amor del blanco. Esta lucha interna de Nicolás entre su «superioridad» moral y su «inferioridad» física experimenta un interesante punto de inflexión cuando Manuela huye con el antihéroe el Zarco, el bandido de ojos azules de la banda de criminales los Plateados. En un primer instante, parece que el hombre más feo, pero honorable, pierde la contienda amorosa frente al criminal más guapo, pero inmoral. Sin embargo, cuando Nicolás intenta recuperar a Manuela de manos de los bandidos, es apresado por el mayor, a quien había insultado por su falta de voluntad de ayudar. En ese momento, la tímida y dulce Pilar, enamorada en secreto del herrero, se revela como la heroína secreta de la novela. Aunque la mestiza nunca se habría atrevido a compartir sus sentimientos con Nicolás, en momentos de angustia Pilar hace todo lo que está en su mano para liberar al «indio». En ese momento, se da cuenta de que sus intentos de conquistar el amor de Manuela le hicieron ignorar a la hermosa mestiza que, inspirada por el amor que le profesaba, resultó ser una mujer valiente y fuerte. Tras esta toma de conciencia, Nicolás se enamora de Pilar y reconsidera la relación que mantenía con Manuela. Aunque hacía varios meses que se había dado cuenta del disgusto con que Manuela le trataba, «naturalmente, la expresión de esta actitud, áspera y desagradable, incluso en un rostro hermoso, es insoportable para un espíritu elevado como el de Nicolás»[83]. Este es el momento crucial en que se produce el reconocimiento de sí mismo como ser humano igual, independientemente del color de la piel. Nicolás

[83] Ignacio Manuel Altamirano, *El Zarco, op. cit.*, pág. 156.

se da cuenta de que «había estado enamorado de un diablo, creyéndola un ángel»[84]. Así, Nicolás empieza a reconocer el carácter superficial de Manuela sin dejarse cegar por su blanca belleza. Fanon describe este proceso de la siguiente manera: «El único medio de romper este círculo vicioso que me arroja de nuevo sobre mí mismo es restituir al otro, por mediación y reconocimiento, su realidad humana, que es diferente de la realidad natural»[85]. Sin embargo, es importante mencionar que el *otro* tiene que realizar la misma operación. En el caso de esta novela, el otro sería Manuela, que pasa por un proceso similar. Ella descubre el verdadero carácter de su amor el Zarco, que es un cobarde mezquino y brutal, lo que le hace darse cuenta de que «Nicolás, el obrero sin pulir, el indio de hollín [...] ganándose la vida con el trabajo más honrado, ahora le parecía hermoso»[86]. En este momento se rompe el círculo vicioso de los prejuicios basados en el color de la piel, ya que Manuela, que representa a los antiguos colonizadores, y Nicolás, que representa a los antiguos colonizados, se desconectan de su origen racial, que es reconocido mutuamente por ambos. Desde el principio fue evidente que el personaje indígena Nicolás, héroe de la trama, fue elegido para simbolizar la importancia de la integración del indígena en el proyecto nacional. Sin embargo, como se ha expuesto, Altamirano estaba desafiando los prejuicios relativos al color de la piel de forma integral. En el siglo XIX los tres elementos decisivos son: el biológico-etnológico, el político-histórico y el jurídico-genealógico y los elementos en tensión espacio, tiempo y corporalidad. La libertad que viene con la independencia latinoamericana está ligada a estos tres destellos descritos y es el descubrimiento de la posibilidad de generar y originar.

---

[84] *Ibíd.*, pág. 158.
[85] Frantz Fanon, *Piel negra, máscaras blancas, op. cit.*, pág. 79.
[86] Ignacio Manuel Altamirano, *El Zarco, op. cit.*, pág. 219.

«La letra con sangre entra»: sobrescritura, «ethos» barroco y disección

No hay letras, que son expresión, hasta que no haya esencias que expresar en ellas.

José Martí
Ni será escritor inmortal en América, 1881

Antecedentes

En *Kafka. Por una literatura menor,* Gilles Deleuze y Félix Guattari indican que una de las características de una *literatura menor* es que «en ellas todo es político. [...] Su *espacio menor* produce que todo acontecimiento individual dentro de él, esté relacionado inmediatamente con la política»[87]. A esto se podrían añadir las observaciones, decididamente marxistas, de Frederic Jameson según el cual «[t]hird-world texts, even those which are seemingly private and invested with a properly libidinal dynamic— necessarily project a political dimension in the form of national allegory: the story of the private individual destiny is always an allegory of the embattled situation of the public third-world culture and society»[88]. En este trabajo se analizará en qué medida estas afirmaciones resultan aplicables a la literatura ecuatoriana.

---

[87] Gilles Deleuze y Félix Guattari, *Kafka. Für eine kleine Literatur,* Frankfurt, Suhrkamp, 1976, pág. 25, la traducción es mía.

[88] Fredric Jameson, «Third-World Literature», *op. cit.,* pág. 65. «[L]os textos del Tercer Mundo, incluso aquellos que parecen privados y dotados de una dinámica propiamente libidinal, proyectan necesariamente una dimensión política en forma de alegoría nacional: la historia del destino individual privado es siempre una alegoría de la situación conflictiva de la cultura y la sociedad públicas del Tercer Mundo».

La emancipada del lojano Miguel Riofrío fue publicada como folletín en 1863 y describe «con una fuerte capacidad mimética con la realidad circundante»[89] la historia individual de Rosaura, una joven mujer que desafía a su medio social en nombre de sus convicciones y su amor. A la vez, coincidente con las descripciones de Deleuze y Guattari, esta *nouvelle*/novela corta relata una historia en la cual «el acontecimiento individual se vuelve cada vez más indispensable e irrenunciable, y es agrandado bajo la lupa microscópica, mientras más se esté contando en ella una historia completamente distinta»[90]. Según el crítico ecuatoriano Fernando Balseca

> *La emancipada* muestra [como texto] las filiaciones que la literatura establece obligatoriamente con otros discursos para posibilitar su propia «fundación» en cuanto registro nuevo, novelesco [y] [a]unque ha sido leída prioritariamente desde la perspectiva «positiva» de la liberación que alcanza de su personaje femenino —oprimida, primero, y emancipada, después— se pueden rastrear otros elementos que concurren en su formación discursiva[91].

Precisamente a estos *otros elementos* se dedica el presente texto. De prolegómeno nos puede servir la pregunta: «¿qué debieron hacer los intelectuales para sacar adelante sus proyectos de escritura y para ofrecerle a la nación modelos de comportamiento ciudadano?»[92]. Sin embargo, quisiera ad-

---

[89] Flor Mará Rodríguez-Arenas, «Representación y escritura: el realismo en *La emancipada* de Miguel Riofrío (1863)», en Miguel Riofrío, *La emancipada,* Stockcero, Doral, 2009, pág. XX.

[90] Deleuze y Guattari, *Für eine kleine Literatur, op. cit.,* pág. 25, la traducción es mía.

[91] Fernando Balseca, «En busca de nuevas regiones: la nación y la narrativa ecuatoriana», en Gabriela Pólit Dueñas (ed.), *Crítica literaria ecuatoriana. Hacia un nuevo siglo. Antología,* Quito, Flacso, 2001, pág. 147

[92] La respuesta que Balseca encuentra en su excelente ensayo no la podemos compartir. Según él «los escritores debieron pervertir a sus cria-

vertir que todo concepto de inclusión que significa la frontera de un espacio imaginario supone su contrario, la exclusión. Se trata de una noción binaria que corresponde a la de interior/exterior: lo que está dentro opuesto a lo que está afuera. Partiendo de este punto de vista quisiera matizar la relación que existe entre lo periférico-interior y lo periférico-exterior, visto como auto-proyección, como una *observación de segundo orden,* retomando el vocabulario de Luhmann según el cual se debe entender que

> Observar es, como repetimos siempre, *generar una diferencia con la ayuda de una distinción, que no deja fuera con ello nada distinguible.* En el medio verdad el sistema comunicativo sociedad constituye el mundo como una totalidad, que incluye todo lo que es observable y hasta el observador mismo. Con ese objetivo se establece en el mundo un sistema observador que se observa a sí mismo, que tiene disponibilidad sobre el valor reflexivo de la falsedad (y tiene disponibilidad también sobre lo observable, lo empírico y lo fáctico, evidentemente) y de ese modo *puede marcar algo* cuyo correlato no puede ser atribuido al mundo. El refinamiento de esta distinción verdadero/falso consiste precisamente en que es utilizable *operativamente,* por tanto que funciona empíricamente (lingüísticamente) *en el mundo,* pero que al mismo tiempo, en cuanto distinción, no se proyecta *sobre el mundo*. La distinción no presupone ningún mundo correlativo para la falsedad. El mundo excluye e incluye la falsedad, y esto es también válido en el uso de los códigos sobre sí mismos, en la investigación de la verdad y también en la observación de la propia paradoja. Pues el observar no es otra cosa que un señalar diferenciante[93].

---

turas femeninas [...]». Véase Fernando Balseca, «En busca de nuevas regiones», *op. cit.,* pág. 147.

[93] Niklas Luhmann, *La ciencia de la sociedad,* México D. F., Anthropos, 1996, pág. 192.

Deleuze y Guattari, Jameson y Luhmann sirven como formas de acercamiento hacia la comprensión de una sociedad metaperiférica[94], como lo es la ecuatoriana, pues se sitúa en la periferia de la periferia y es precisamente esta configuración como *literatura menor* ubicada en un *espacio menor* y su enunciación alegórica la que será objeto de análisis con respecto a la construcción de estructuras propias mediante operaciones literarias propias.

El pre-texto, el párrafo introductorio de *La emancipada* reza así:

> Nada inventamos: lo que vamos a referir es estrictamente histórico: en las copias al natural hemos procurado suavizar algún tanto lo grotesco para que se lea con menor repugnancia. Daremos rapidez a la narración deteniéndonos muy poco en descripciones, retratos y reflexiones (pág. 113).

La omisión de esta sección en todas las ediciones anteriores a la de Fausto Aguirre de 1992, que es el texto fundamental de esta edición, resulta fundamental dentro de la obra, ya que incide en su estructura, intencionalidad y desarrollo narrativo. A continuación, se exponen los principales aspectos que justifican su relevancia, siguiendo las pautas que Fausto Aguirre menciona en su estudio introductorio. El enfoque narrativo muestra el rol de pedagogo de Miguel Riofrío. Riofrío se desempeñó como maestro y pedagogo, lo que se evidencia en su obra a través del uso deliberado de metodologías y estrategias didácticas. Su conocimiento del ámbito educativo no solo influye en la construcción del relato, sino que también revela una intención formativa en su escritura. Existe una dimensión orien-

---

[94] Al respecto véase Fernando Nina, *La expresión metaperiférica. Narrativa ecuatoriana del siglo* XX. *José de la Cuadra, Jorge Icaza y Pablo Palacio,* Bibliotheca Ibero-Americana, Frankfurt / Madrid, Vervuert / Iberoamericana, 2011.

tadora y conexión con la historia: desde una perspectiva novelística, el fragmento en cuestión refuerza la representación de un hecho histórico real, consolidando la interacción entre literatura e historia dentro del marco del romanticismo. Por otro lado, inicia con un cuestionamiento sobre la diferencia entre historia y ficción, siguiendo las pautas aristotélicas, pero también cuestionándolas. Los recursos literarios sirven como mecanismo de estilización de la realidad: como experto en técnicas narrativas, Riofrío recurre a la transposición de lo grotesco en imágenes y figuras literarias, logrando una representación estilizada que no minimiza el impacto crítico de la obra. Hay un gran conocimiento y apropiación de la tradición literaria, especialmente de las novelas canónicas del siglo XVIII y XIX. La novela evidencia un dominio profundo de la tradición clásica, así como de su evolución hasta el prerromanticismo y postromanticismo, elementos que el autor incorpora conscientemente en su estilo narrativo. Por último, sus estrategias narrativas y estilo literario pueden resumirse en las palabras «agilidad en la narración»: Riofrío opta por un estilo fluido y dinámico, con plena conciencia del lector, tal vez también un lector joven, en formación, como destinatario activo de la obra. El párrafo introductorio advierte que la narración tendrá un equilibrio entre descripción y reflexión: aunque reconoce la importancia de las descripciones, los retratos y las reflexiones, las incorpora de manera estratégica y mesurada, evitando la sobrecarga narrativa. Este enfoque responde tanto a las tendencias estilísticas de la época como a la necesidad de optimizar la estructura de la novela corta. Aguirre concluye que la omisión de este fragmento introductorio repercute directamente en la coherencia y el ritmo de la obra, pues en él subyacen elementos cruciales para comprender el discurso narrativo de Riofrío, su concepción literaria y su enfoque pedagógico y estilístico. La lectura más lograda de este párrafo introductorio de *La emancipada* corresponde a Karina Marín quien afirma que

> La brevedad del relato, entonces, pareciera estar justificada por el afán de apurar la anécdota para que la imagen no aparezca demasiado, al menos no lo suficiente para afectar al lector y que no sienta repugnancia. Sin embargo, basta con los pequeños instantes en los que la imagen fulgura para llamar la atención de la mirada, para conmover y llevar al lector a enamorarse de Rosaura, y luego a sentir repulsión ante su cuerpo destrozado[95].

Para Marín el cuerpo putrefacto de Rosaura se erige como una presencia espectral, destinada a acechar la conciencia de cada lector. Aunque este poco tenga que decir sobre él, o incluso lo reduzca a la mera representación del castigo, la mirada que lo sostenga no podrá evitar su impacto. Esa imagen inquebrantable reaviva la memoria, obligando a imaginar lo que yace oculto, a reconocer que la historia ha sepultado innumerables cuerpos que, aun desde la profundidad de la tierra, se resisten a desvanecerse, «el cuerpo de Rosaura en estado de putrefacción está destinado a acechar a cada nuevo lector», son «cuerpos que aún se resisten a desaparecer» (pág. 101). Sobre esta «lectura» del cuerpo de Rosaura volveré más adelante.

El argumento de La emancipada

Rosaura Mendoza, una joven de 18 años, está enamorada de un joven estudiante de leyes llamado Eduardo Ramírez, con quien sostiene un noviazgo. Sin embargo, su padre, un hombre viudo, para deshacerse de la joven, a quien considera *mal-educada* por la formación lancasteriana que esta recibió de su madre, la obliga a casarse con Anselmo de

---

[95] Karina Marín Lara, «Profanar cuerpos / profanar naciones. Acerca de *La emancipada* como novela fundacional de la literatura ecuatoriana», *La Palabra,* 29, 2016, pág. 97.

Aguirre, un bien situado «propietario de terrenos» (pág. 126), esperando así también mejorar su precaria situación económica. Inicialmente ella se niega pero su padre, para obligarla a aceptar el matrimonio, golpea salvajemente a un indio de la hacienda e intenta matar a su pequeña hija de seis años. Para evitar esta injusticia Rosaura acepta casarse. Los amigos de Eduardo planean liberar a Rosaura; pero una vez terminada la ceremonia de matrimonio ella, respaldándose con una pistola, se enfrenta al padre, al cura y a las autoridades, anunciándoles que gracias a la boda ante las leyes civiles y eclesiásticas ella ya se ha emancipado. Mientras todo esto sucede, Eduardo toma la decisión de entrar en un monasterio y convertirse en sacerdote. «[A] raíz del enfrentamiento con las autoridades Rosaura se va degradando, se prostituye, se suicida y luego de muerta abren su cadáver, como en una profanación de ultratumba, a decir del narrador»[96]. Esta es la historia que se lee en un primer plano, pero ¿cuál es la que se encuentra detrás de todos los mecanismos de enunciación narrativa que emplea Riofrío? La pregunta que me propongo desarrollar es sencilla: ¿Cómo se manifiesta el inicio de una literatura menor? (como me parece ser la ecuatoriana).

La Ley del Padre y su subversión

Me gustaría resaltar aquí un aspecto que me parece fundamental para entender el movimiento de la escritura de Rosaura. En primer lugar, que se trata no solo de una novela corta, sino también de una novela epistolar. Esto es importante porque la correspondencia entre Rosaura y Eduardo, su amor de infancia entra en un entramado com-

---

[96] Yovany Salazar Estrada, *Microensayos de crítica literaria,* Loja, Casa de la Cultura Ecuatoriana, Núcleo de Loja, 2006, pág. 20.

plejo, en un estadio simbólico que puede relacionarse con la «Ley del Padre» de Lacan. ¿Qué significado tiene una carta clandestina en la época de Riofrío? ¿Qué importancia tiene en esos tiempos decimonónicos la Ley del Padre? Relacionado con esta Ley del Padre está la «Muerte de la Madre» y el consecuente cambio en la educación, que desde ese momento es controlada por el padre. Este hecho va a ser determinante también para la correspondencia que tiene inicio entre Rosaura y su amante. Así escribe Rosaura apenas ha fallecido su madre a Eduardo:

> Una semana después de haber sepultado a mi madre, cuando todavía estaban mis ojos hinchados por las lágrimas, recogió mi padre todos mis libros, el papel, la pizarra, las plumas, la vihuela y los pinceles: formó un lío de todo esto, lo fue a depositar en el convento y volvió para decirme: «Rosaura, ya tienes doce años cumplidos: es necesario que desde hoy en adelante vivas con temor de Dios; es necesario enderezar tu educación, aunque ya el arbolito está torcido por la moda; tu madre era muy porfiada y con sus novelerías ha dañado todos los planes que yo tenía para hacerte una buena hija; yo quiero que te eduques para señora y esta educación empezará desde hoy. Tú estarás siempre en la recámara y al oír que alguien llega pasarás inmediatamente al cuarto del traspatio; no más paseos ni visitas a nadie ni de nadie. Eduardo no volverá aquí. Lo que te diga tu padre lo oirás bajando los ojos y obedecerás sin responderle, sino cuando fueres preguntada» «Y, ¿podré leer alguna cosa?» —le pregunté. Sí, me dijo, podrás leer estos libros, y me señaló *Desiderio y Electo,* los sermones del padre Barcia y los Cánones penitenciales (pág. 122).

Se trata de un disciplinar que está estrechamente ligado a la cuestión de la lectura y cuyo origen se encuentra en un cambio significativo de espacialidad y de mudanzas de géneros literarios, que tienen que ser leídos también como una influencia en la formación de «género» de Rosaura. El temor a Dios debe reemplazar las «porfías y novelerías» de la educación maternal. La postración a su recámara y la sustitución de las lecturas, que la niña teme perder («¿podré leer alguna cosa?»). Mientras Rosaura, de niña, vivía ante el ejemplo de una mujer que desafiaba el orden de las cosas, la Ley del Padre, una mujer que transgredía y que por lo tanto era vista como «torcida», deforme, ahora su padre quiere «enderezarla», disciplinarla bajo la ley masculina, por medio de la reclusión espacial (nivel corporal y material) y del cambio de lecturas (nivel mental e ideológico). La nueva Ley del Padre es totalizante pues la recluye enteramente al orden masculino, bajo el temor de Dios y obedeciendo a su padre en silencio, atenta a cada paso que escuche frente a su recámara, sin poder salir y desplazándose a un cuarto en el traspatio de la casa, a un espacio clandestino pues, a un espacio al reverso de la casa, lo cual tendrá mucha significancia cuando redacte su mensaje más decidor en la novela. Sus lecturas serán de ahora en adelante sobre todo escritos de experiencia moral, instrucciones de comportamiento, de cómo redimir los pecados. El despojo es doble: su madre y las novelas desaparecen, del mismo modo los encuentros con Eduardo, quien antes podía ingresar en la casa, es marginado del entorno de Rosaura. De modo que la única forma de mantener una comunicación entre ambos, subvirtiendo la Ley del Padre, solo es posible a través de la comunicación epistolar. Como no puede salir de casa y tiene que dejar de leer novelas, tiene que escribir. La escritura de Rosaura compensa de esta manera este doble despojo, corporal y mental, material e ideológico. A partir de aquí subvierte la Ley del Padre y este es un gesto subversivo doble, esencial para entender los sucesos de la novela. Rosaura, quien se ve obligada a solo leer y escribir según los dictámenes de su padre, según la ley de su padre, empieza a escribir mensajes clandestinos, secretos, que van en contra de la ley de su padre y que están destinados al hombre prohibido, su amante Eduardo. Escribe clandestinamente, desde el traspatio, el lugar de su retiro funciona como un *ethos* barroco, tal y como lo entiende Bolívar Echeverría. El término *ethos* tiene la ventaja de su ambigüedad o doble significado; en la acepción basal «morada y protección», se refiere al recurso o dispositivo defensivo o pasivo, con la acepción «arma», a uno ofensivo o activo. El *ethos* barroco no acepta la dimensión explotadora de la colonización. Barroco es el modo que permite a la modernidad sobrevivir (y sobrellevar) a la destrucción de lo cualitativo provocada por el productivismo capitalista transformando esta destrucción en un acercamiento creativo a otra dimensión de lo cualitativo, que se construye de manera desafiante, subversiva y resiliente-imaginaria. El traspatio es el *locus* de enunciación del respaldo, donde Rosaura ubicará más adelante su mensaje clave para Eduardo. El traspatio es el segundo patio de las casas, el que suele estar detrás del principal. Por lo tanto, es el *topos,* la materialización espacial del mensaje subversivo clave de la novela.

La idea de la Nación *como* Aldea *y La letra con sangre entra: leitmotiv fundacional de la literatura ecuatoriana*

El *cuerpo de la nación* es representado en *La emancipada* como una *parroquia.* La parroquia constituye la división administrativa más pequeña del territorio del Estado: coincidía en muchos casos con las divisiones eclesiásticas. Es decir: el cuerpo del *país,* de la *nación,* era el de la parroquia estatal y clerical. La representación de una totalidad, aquí de la sociedad ecuatoriana, es propuesta en esta novela desde la periferia (aldea) que encierra también al centro (ciudad). En la ciudad es donde, en el final de la novela, se prostituye Rosaura y donde encuentra la muerte (y su mayor decadencia). ¿Qué significado se le puede dar al hecho de que la primera novela de una literatura nacional ajuste o achique el espacio, el *cuerpo topo-geográfico de la nación* donde ubica su enunciación? Según Benedict Anderson una de las razones por las cuales fueron precisamente las comunidades criollas las que desarrollaron tempranamente una concepción de *nation-ness,* es que ya eran unidades administrativas, económicas y territoriales desde el siglo XVI. Por ello se tendría que fijar la mirada en «las formas en que los organismos administrativos crean un significado»[97]. Observemos por ello con detenimiento las descripciones topográficas en el texto y sus valoraciones al respecto. El relato inicia así: «En la *parroquia de M...* de la República ecuatoriana se movía el pueblo en todas direcciones, celebrando la festividad de la *Circuncisión*, pues era primero de enero de 1841» (pág. 115)[98].

La mención de «la República ecuatoriana» se centra en alusión a la parroquia o a la aldea, como también se la llama. Ya en el primer cuadro se comenta que el relato se enfoca sobre un espacio específico: «De qué hablaban, se puede adivinar fácilmente si se atiende a que el joven había estudiado las materias de enseñanza secundaria en la ciudad más cercana a la parroquia *de que nos ocupamos* [...]» (pág. 117, la cursiva es mía).

Así no sorprende que el narrador mencione el gran amor que el joven estudiante le tiene a su pueblo natal al cual, como menciona, «había pintado muchas veces en los ensayos literarios que se le obligaba a escribir en la clase de Retórica» (pág. 117). Leamos lo que el graduado escribe: «Quedaos vosotros, hijos de la corte, en la región de las *Pandectas,* y el *Digesto* y las *Partidas.* Yo de la jerarquía de doctor pasaré a la de aldeano, porque allí mora la felicidad» (pág. 117). La verdadera felicidad, como en la *polis* griega, mora en la aldea (en un espacio delimitado)[99]. ¿Qué significa este tipo

---

[97] Benedict Anderson, *Comunidades imaginadas, op. cit.,* pág. 85.

[98] Podríamos decir que la existencia ficcional de la literatura ecuatoriana comenzó un primero de enero de 1841.

[99] Eduardo, quien tiene las posibilidades de salir de la aldea y conocer el mundo, quiere volver al pueblo, mientras que Rosaura, a pesar de su

de construcción de la topografía nacional, esta delimitación literaria? Aparentemente para el narrador el *topos fundacional de la nación ecuatoriana* es el de un espacio que permite una mirada sinóptica, fácil de abarcar con la vista. El Ecuador, incluyendo el Quito de ese entonces, seguía siendo una aldea grande, pues en el territorio ecuatoriano «las élites intentaron asumir una "modernidad" y una "cultura nacional", sin renunciar, por eso, a los "privilegios coloniales"»[100]. Sin duda, «ese sentimiento de pertenencia a la comunidad local era más intenso que el que vinculaba al Ecuador independiente de la Gran Colombia solo a partir de 1830»[101]. Inclusive las ciudades son percibidas más en términos políticos, es decir como «comunidad o corporación de vecinos», que en términos demográficos. El sociólogo Eduardo Kingman resume que «se podría decir que ese tipo de ciudad respondía tanto a un orden social estructurado en la larga duración como a un orden imaginario»[102]. A la filología le queda la tarea de preguntarse: «¿Cómo es que la ficción novelesca ecuatoriana puede producir personajes que, como [Rosaura y Eduardo], se apropian [simbólicamente] de la tarea de enunciar la construcción nacional?»[103].

---

naturaleza abierta, está atrapada allí, debido a los condicionamientos de las mujeres en su época. A pesar de sus diferencias, se ven como dos partes de una misma alma y quieren estar unidos para siempre. La novela comienza con el regreso de Eduardo. En el segundo capítulo, Rosaura le escribe que su padre planea casarla con otra persona, de forma similar a *Julie ou la Nouvelle Héloïse* (1761) de Jean-Jacques Rousseau, donde Julie debe casarse con un hombre elegido por su padre. Al igual que Julie, Rosaura también se resiste a este paternalismo y se enfrenta a su padre por primera vez.

[100] Adrián Bonilla, «Presentación», en Eduardo Kingman Garcés, *La ciudad y los otros. Quito 1860-1940. Higienismo, ornato y policía,* Quito, Flacso, 2003, pág. 9.

[101] Horacio Capel, «Prólogo», en Eduardo Kingman Garcés *La ciudad y los otros, op. cit.*, pág. 32.

[102] Eduardo Kingman Garcés, *La ciudad y los otros, op. cit.*, pág. 39.

[103] Fernando Balseca, «En busca de nuevas regiones», *op. cit.*, pág.142.

Este *espacio pequeño* que hemos diferenciado es identificado en la novela con los dos personajes masculinos, que abandonan, cada uno a su manera, a la heroína: don Pedro, el padre y Eduardo Ramírez, su amor frustrado. La preferencia de Eduardo por la aldea frente a la ciudad está manifestada en su ensayo. De distinta manera, es el mismo narrador quien presenta al padre de Rosaura como símbolo de lo que representan los valores de una *aldea:*

> Bien se comprenderá que era don Pedro uno de aquellos tipos que caracteriza a la vieja aristocracia de las aldeas, cuyos instintos tradicionalistas les hacían feroces para con sus inferiores, truhanescos con sus iguales y ridículamente humildes ante cualquier signo de superioridad (pág. 134).

Y es así que su padre solo logra que su hija acceda y acepte el matrimonio arreglado, por medio de la violencia simbólica que él ejerce sobre ella al emplear la violencia física sobre la niña indígena que intenta matar. Por ello Fernando Balseca afirma que «[e]stos latigazos prueban cómo se hermanan, en cuanto sujetos subalternos, los indios y las mujeres en el siglo XIX, pues da lo mismo que los latigazos, originalmente destinados a Rosaura, sean recibidos por los indios»[104].

> [Don Pedro] [a]garró un bastón de chonta con casquillo de metal; salió jadeante y demudado dijo con voz de trueno a Rosaura:
>
> —Vas a ver los estragos que causa tu inobediencia.
>
> La joven presentó serenamente su cabeza para que su padre la matara a garrotazos. Él pasó frotándose con su hija, llegó al traspatio y le dio de palos a un indígena sirviente.
>
> —¡Amo mío! ¡Amo mío! ¡Perdón por Dios! Yo no he faltado en nada —dijo el indio.

---

[104] *Ibíd.,* pág. 150.

—Sois una raza maldita y vais a ser exterminados —replicó el tirano, dirigiéndose enseguida con el palo levantado a descargarlo sobre la hija del indio que era una criatura de seis años.

Rosaura partió como una flecha y paró el golpe diciendo:

—Yo no quiero que haya mártires por causa mía. Seré yo la única mártir: mande usted y yo estoy pronta a obedecer.

—¿Te casarás?

—¡Me casaré! (pág. 136).

Esta escena es clave[105], a mi modo de ver, para el entendimiento de uno de los planteamientos principales de la novela: la conjunción de un discurso que denuncia la dominación y el control sobre sujetos subalternos (como lo son los indígenas y las mujeres) y la representación de un *sacrificio redentor* en favor de los desprotegidos como metáfora de un *sacrificio nacional* que se debe rendir para fundar culturalmente un nuevo territorio textual y nacional. Este argumento se torna más visible si consideramos el monólogo de don Pedro que sigue a esta escena: «Don Pedro volvió a su sala diciendo para sí solo: «¡Lo que vale la energía! Ya todo lo he conseguido en menos de dos horas; si me hubiera metido blando y generoso ¿qué habría sido de mí? La letra con sangre entra» (pág. 137).

---

[105] Riofrío puede haberse inspirado en la escena del padre enfurecido en *Julie ou la Nouvelle Héloïse* (1761) de Jean Jacques Rousseau que aparece en la «Carta LXIII. De Julia a Clara»: «En nombre del cielo, le dije, dígnese V. de sosegarse, nunca correré yo riesgo con hombre que a tantas injurias es acreedor. Al punto mi padre, que creyó en estas palabras distinguir improperio, y cuyo furor solo un pretexto aguardaba, se tiró a tu pobre amiga y por la vez primera de mi vida me pegó una bofetada, que no fue sola, y dejándose llevar de su cólera con igual violencia que la que le había costado, me maltrató cruelmente, aunque se puso mi madre de por medio, y cubriéndome con su cuerpo recibió algunos de los golpes que en mí descargaba. Al retirarme para evitarlos di un tropezón y caí, fui a dar de cara contra el pie de un bufete, y salió mucha sangre». Véase Jean Jacques Rousseau, *Julia ó Nueva Heloisa,* traducción de J. Marchena, Barcelona, Imprenta y Librería de Oliva, 1836, pág. 77. Agradezco a Stephan Leopold esta interesante observación.

«La letra con sangre entra» no expresa únicamente que el conocimiento y la sabiduría se adquieren con esfuerzo y sacrificio, ni se reduce al significado que se le da coloquialmente, que para enseñar a los torpes (en este caso las mujeres) debe ser con palos (es decir con violencia y no con palabras), sino que es mucho más significativo y, a nivel metaficcional, un *leitmotiv* fundacional de la literatura ecuatoriana. Pues implica que el acceso de un determinado conglomerado humano (aquí la aldea de *sangre* ecuatoriana) hacia un espacio de conocimiento (espacio *letrado),* progreso (un espacio de cultura) y mayor igualdad (posiblemente el espacio de la ciudad) implica desistir en un principio de la voluntad propia y actuar de manera estratégica contra las tradiciones caducas y las costumbres generadoras de desigualdad, tal como lo hace Rosaura, inclusive considerando que su muerte al final de la novela puede ser interpretada como que «una mujer fue eliminada de la nación porque hablaba desde distintas estrategias; era una mujer que hablaba pluralmente, que sabía»[106], como señala Balseca.

Es fundamental tener en cuenta que Riofrío es el hijo de una madre afrodiaspórica (los biógrafos de su época la denominaban racialmente «mulata»). No se trata, pues, de un criollo blanco que escribe desde una perspectiva central privilegiada, sino de alguien que habla desde la subalternidad, a pesar de que Riofrío gozó de una vida con privilegios de criollo. Si pensamos que *Julie ou la Nouvelle Héloïse* (1761) marca una intertextualidad central, entonces constatamos que el imperativo moral que Rousseau relacionaba con la vida del padre —«Si no te casas con Monsieur de Volmar, tu pobre padre morirá»— sufre aquí un claro cambio. Allí, es el padre quien sufre y, en última instancia, pierde a su hija, porque Julie morirá. En el texto de Riofrío, sin embar-

[106] Fernando Balseca, «En busca de nuevas regiones», *op. cit.*, pág. 151.

go, el imperativo se traslada de la figura paterna a los indígenas: «Si no obedeces, mataré a los indios». La víctima aquí ya no es el padre débil, sino una niña indígena indefensa[107].

Con los indígenas, una nueva dimensión, específicamente americana, entra en la mentira afectiva entre padre y protagonista femenina heredada de Rousseau. Esto remite a la cuestión de raza y género tratada anteriormente. A diferencia de *Sab,* donde la analogía entre raza y género —«Sab, *c'est moi*»— se solidifica en un núcleo criollo conservador, Rosaura no permanece como defensora del orden existente, sino como un sujeto que continúa rebelándose. Mientras Sab adopta en última instancia una postura conservadora, ya que su moral de esclavo mantiene en contención a un grupo étnico potencialmente peligroso, los rebeldes esclavos negros, Rosaura encarna la resistencia permanente. Sin embargo, no puede hacer pública su rebelión de inmediato, ya que pondría en peligro a los más débiles: los indígenas. Por ello, al principio se ve obligada a someterse.

Después de que Rosaura termina de aceptar la voluntad impuesta por su padre, le pide a él que le permita escribir una última carta de despedida a Eduardo para comunicarle su matrimonio. El padre accede a su pedido pero es finalmente él mismo quien redacta la carta, privándola de expresar, una vez más, su opinión, de manera escrita. El plan

[107] Mientras que el padre de Julie coloca su muerte como imperativo en el centro —«Tu pobre padre morirá»—, don Pedro se apoya en la exhibición demostrativa de poder absoluto hacia Rosaura demostrando su autoridad sobre otro indígena. Mientras que Julie al menos se somete exteriormente por un amor profundamente sentido, aunque ambivalente, hacia su padre, Rosaura no se somete por afecto personal, sino para proteger a los indígenas —un legado de su madre, que ya era considerada su defensora—. El concepto de mártir debe entenderse en este contexto: Rosaura no quiere que todo un colectivo sufra por sus intereses personales. Al sacrificarse, se convierte tanto en mártir de su propia causa como en salvadora de los indígenas.

de Rosaura es, una vez finalizada la carta, escribir un mensaje secreto al reverso de esta para fugarse con Eduardo:

> Algunos minutos después Rosaura fue llamada a firmar, y firmó sin saber lo que su padre había escrito. Al tiempo de cerrar, puso al respaldo[108] furtivamente estas palabras: «Han ocurrido cosas que me han despechado y he resuelto dar una campanada. Te juro que no seré de don Anselmo, vete a la ciudad antes del 6» (pág. 137).

¿Qué valor narrativo y simbólico le podemos dar al hecho de que Rosaura da la vuelta a la página de la carta, *la lettre,* para escribir en la parte posterior *(Rückseite)* de la hoja/página/carta/*lettre?* En primer lugar, significa comenzar a escribir sobre una página blanca, y resulta significativo que esto sucede sin haber leído lo escrito por el padre al otro lado de la página. Es decir, como acto performativo significa dejar atrás lo *pre-escrito (das Vor-Geschriebene)* y *re-inscribir*/realizar de esa manera un nuevo texto, un texto válido, un comienzo sobre la *page blanche*. Pero simultáneamente parece encontrarse en ese mecanismo de *re-escritura* también la razón del malentendido, de la *mala lectura* de Eduardo: el mensaje *al revés* de la página/carta resulta también en una *lectura al revés*. ¿Qué significa esto para todo inicio literario poscolonial? En su seminario que dedicó al cuento de Edgar A. Poe *La carta robada,* Lacan plantea que la carta siempre llega al destino, aunque ella sufra un rodeo; significa que la carta, que la letra (carta y letra son homónimas en francés), tiene un destino propio[109]. Esto dejaría abierta la posibilidad de un encuentro, en algún momento, del significante y del significado. Sin embargo, esto es precisamente lo que no acontece en *La emancipada*. El término clan*destino* es sinónimo de oculto. Dado

---

[108] Definición del *DRAE*: Reverso o vuelta del papel o escrito.
[109] Jacques Lacan, *Escritos 1,* México, Siglo XXI, 1988.

que normalmente la clandestinidad se busca con respecto a la autoridad (la autoridad del padre), el texto de Rosaura (desprendimiento de la autoridad/establecimiento de una nueva autoridad propia) buscaría precisamente ese intersticio y espacio oculto, ese hueco y vacío *(Lücke)* para invisibilizar la paradoja del inicio. ¿A quién pertenece la carta en sus dos versiones? La versión oficial y legítima (la carta redactada por el padre) y el texto ilegítimo e inoficial, por ello clan*destino* (es decir, el texto escrito por Rosaura al revés de la carta del padre que aparentemente tiene otro destino semántico y simbólico). ¿Habría que preguntarse, como lo insinúa Lacan, si el autor de la carta (es decir, en nuestro caso el padre y Rosaura), mantiene algún derecho sobre la misma y si por ello nunca pasa a ser completamente posesión del destinatario (Eduardo)? Si fuera así, significaría que la (simbólica y verdadera) destinataria de las palabras escritas al reverso de la carta, sería la misma Rosaura. En este caso, la exhortación *vete a la ciudad* es una autoexhortación, una exigencia a sí misma, al igual que su resolución de *dar una campanada* (huir después del sí frente al altar). Otra lectura tendría que considerar el ámbito discursivo. Visto desde ese punto de vista *La emancipada* mostraría, por medio de esta magistral escena, que, a pesar del intento de consolidar un nuevo texto, de generar una nueva inserción *(Einsetzung)*[110], el discurso tradicional siempre está presente, no es posible separarse y anular ni borrar el texto que representa a la tradición, pues este siempre se encuentra al otro lado de la página (en blanco). Pensemos en que el intento de Rosaura de rebelarse contra las ideas (palabras) de su padre consiste en sobrescribir/utilizar la página en blanco, la misma página que *inscribió* su padre.

---

[110] El término se apoya en la definición de las narrativas fundadoras de la nación como *Einsetzungsfiktionen,* que utiliza Albrecht Koschorke en su ensayo «Götterzeichen und Gründungsverbrechen. Die zwei Anfänge des Staates», en *Die Neue Rundschau,* [Heft I], 2004, págs. 42-43.

Es de esa *inscripción colonial/tradicional* de la cual la literatura ecuatoriana y latinoamericana no se puede despojar. Sin embargo, con la carta de Rosaura ocurre como con la carta robada de Poe: «puesto que puede sufrir una desviación, es que tiene un trayecto que *le es propio (da der Brief einen Umweg gehen kann, hat er einen Weg, der ihm eigen ist)*»[111].

En este sentido me interesa comentar una, desde mi punto de vista, valiosa intertextualidad. El refrán que marca la oración «la letra con sangre entra» tiene su más famosa procedencia en el trigésimo sexto capítulo de la segunda parte del *don Quijote* de Cervantes. Innecesario aludir a la importancia de esta obra para toda la literatura hispanoamericana y del valor de toda conexión intertextual con ella. En este capítulo Sancho Panza y don Quijote se encuentran ya en el castillo del Duque y la Duquesa, cuyos títulos no se saben. Los Duques, quienes reconocen a don Quijote ya que han leído con anterioridad la primera parte del Quijote, engañan a ambos y se burlan de ellos. Así Sancho es convencido de que la única y exclusiva manera para que Dulcinea vuelva a tener la misma belleza que antes (pues les habían hecho creer que esta se encontraba convertida en una rústica aldeana) es que él se dé tres mil trescientos azotes en las posaderas. Sancho, quien no tiene ningún interés personal en Dulcinea, le comienza a explicar a la Duquesa que ya se había dado unas cuantas palmadas en la espalda ya que no creía que mereciese la pena el azotarse para que otros obtuvieran la recompensa.

> Eso —replicó la duquesa— más es darse de palmadas que de azotes. Yo tengo para mí que el sabio Merlín no estará contento con tanta blandura: menester será que el buen Sancho haga sentir, porque la letra con sangre entra, y no se ha de dar tan barata la libertad de una tan gran señora como lo es Dulcinea, por tan poco precio; y advier-

---

[111] Jacques Lacan, *Escritos 1, op. cit.*, pág. 78.

> ta que las obras de caridad que se hacen tibia y flojamente no tienen mérito ni valen nada[112].

Y aquí también existe una *coincidentia*. Sancho le enseña a la Duquesa una carta que tenía pensado mandar a su mujer en la cual le contaba que estaba a punto de irse a gobernar la ínsula que el Duque le había prometido.

> Sepa vuestra alteza, señora mía de mi ánima, que yo tengo escrita una carta a mi mujer Teresa Panza dándole cuenta de todo lo que me ha sucedido después que me aparté de ella. Aquí la tengo en el seno, que no le falta más de ponerle el *sobrescrito*. Querría que vuestra discreción la leyese, porque me parece que va conforme a lo de gobernador, digo, al modo que deben de escribir los gobernadores[113].

Sancho, al igual que Rosaura, debe añadir aún el *sobrescrito* a su carta: en su caso, se trata del «destinatario y la dirección que se ponían en la parte de la carta que al doblarla quedaba visible», es decir, se trata de una *visibilización* del destinatario y de su mensaje. En el caso de Rosaura, quien escribe su mensaje *al respaldo* de la carta, se trata de una *invisibilización* de su mensaje, de una *codificación* de sus palabras. Dicho de otra forma, el *sobrescrito* de Rosaura es textualmente un *sobre-escrito*, un escribir sobre lo anteriormente ya escrito (de su padre). El consiguiente diálogo tampoco es insignificante pues al oír lo dicho por Sancho la Duquesa le pregunta: «—¿Y quién la notó? —Sancho le responde: —¿Quién la había de notar sino yo, pecador de mí? —¿Y escribístesla vos? —dijo la duquesa. —Ni por lo pienso —respondió Sancho—, porque yo no sé leer

---

[112] Miguel de Cervantes, *El ingenioso hidalgo don Quijote de la Mancha* (1605), edición del IV Centenario, Bogotá, Real Academia Española, 2005, pág. 830.

[113] Miguel Cervantes, *El ingenioso hidalgo don Quijote de la Mancha, op. cit.*, pág. 831, la cursiva es mía.

ni escribir, puesto que sé firmar»[114]. Esta última oración cobra mucho más sentido si la anteponemos a la situación de Rosaura, quien también *no lee ni escribe* la carta que su padre redacta (por ella / en su nombre) y a quien únicamente se le permite firmarla, es decir finalmente *solo sabe firmarla,* al igual que Sancho. La radical diferencia es que Sancho dicta su carta él mismo y por ello su solo *sé firmar* se reduce a una práctica, a una falta de educación. Sin embargo, su *puesto que sé firmar* también alude a que es él quien autoriza y legitima su propio escrito con su firma. En el caso de Rosaura, su firma es paradójicamente una legitimación de un texto extraño, es decir, su firma, en vez de autorizar e identificar al firmante con el documento, es completamente todo lo contrario. La estrategia narrativa del texto fundacional de la literatura ecuatoriana desmitifica y desautoriza el tradicional método criptográfico que asegura la *identidad* del remitente, además de asegurar la *integridad* del documento o mensaje. Por ello Rosaura tiene que escribir al revés de la carta, tiene que buscar su propia *page blanche* porque los métodos tradicionales y antiguos de autentificación ya no son válidos para ella. Este procedimiento es plenamente táctico en el sentido en el que lo entiende Michel de Certeau[115].

---

114 Íd.

115 «[L]lamo estrategia al cálculo (o a la manipulación) de las relaciones de fuerzas que se hace posible desde que un sujeto de voluntad y de poder (una empresa, un ejército, una ciudad, una institución científica) resulta aislable. La estrategia postula un lugar susceptible de circunscribirse como algo propio y de ser la base donde administrar las relaciones con una exterioridad de metas o de amenazas [...]. [L]lamo táctica a la acción calculada que determina la ausencia de un lugar propio. Por tanto, ninguna delimitación de la exterioridad le proporciona una condición de autonomía. La táctica no tiene más lugar que el del otro. Además, debe actuar con el terreno que le impone y organiza la ley de una fuerza extraña [...] es movimiento "en el interior del campo de visión del enemigo" [...]. No cuenta con la posibilidad de darse un proyecto global ni de totalizar al adversario en un espacio distinto, visible y capaz de hacerse ob-

Todas las observaciones hechas con respecto a la representación del *topos* de la enunciación en la novela y de su significado para la construcción de la nación por medio de la literatura cobran aún más importancia si advertimos que es justamente la *malinterpretación* o la *equívoca o diferente lectura* y consiguiente confusión que surge a raíz de esta última oración en la carta de despedida, la que incide fundamentalmente en el desenlace de la historia. Eduardo por su lado no logra *descifrar* el mensaje de Rosaura porque se concentra únicamente en su propia perspectiva y se inculpa de la desgracia de su amada. La fijación en su persona lo vuelve ciego para los propósitos de pareja y las expectativas de Rosaura. Riofrío acusa aquí deliberadamente un tipo de comportamiento que excluye el intercambio con el *otro* y se reduce a fijar objetivos desde la propia perspectiva de manera unilateral y únicamente en función de los propios fines. Lo interesante en esta recepción de la carta de Rosaura radica en el potencial imaginario que suscita en Eduardo. La carta/las letras escritas al revés de esta le otorgan una posición imaginaria a Eduardo, es decir, una posición que no puede *realizar* (comprender), por tratarse de una transformación del mensaje *original* (las palabras del padre) en un mensaje *originario* (las palabras al revés de Rosaura). En este caso se trata de entender lo que Rosaura le quiere transmitir subconscientemente, es decir, bajo la superficie de los significantes de la carta del padre. Y de esa manera continúa Eduardo:

> Luego me dice que va a dar una campanada; este anuncio me horroriza, ¿se habría resuelto a dar un no en la puerta de la Iglesia? Ese no le costaría tres años de tortura que es el tiempo que la ley le obliga a permanecer a merced de su padre... Ella me jura que no será de don Anselmo, y

---

jetivo» (Certeau, *La invención de lo cotidiano,* México D. F., Universidad Iberoamericana, 1996, págs. 42-43).

> parece que nada ha valido ante sus ojos mi adoración de seis años, mi abnegación a todo encanto que no fuera el de sus gracias, y mi constante padecer durante una ausencia que me parecía de siglos: el término de mis esperanzas y de mi fe, ¿ha de ser esa palabra: vete a la ciudad? (pág. 139).

Como podemos ver claramente Eduardo se encapricha en su propia lástima o bien se podría emplear el término alemán *Selbstmitleid*[116]. Mientras para Rosaura la fuga hacía la ciudad significa su salvación, movimiento hacia el único escape de su situación, de las autoridades del padre y del cura, para Eduardo son el *término de sus esperanzas y de su fe*. En palabras de Deleuze: «[...] no se trata solamente de libertad como oposición a la opresión sino simplemente de una salida [...]»[117]. ¿Y no está Eduardo observándose en el propio espejo y tratando de construirse y constituirse, para así completarse por medio de las palabras de su otro (en este caso Rosaura) quien invoca en él parte de sus deseos reprimidos? Así, todo culmina siendo fruto de la debilidad moral de Eduardo de, al igual que Rosaura, desafiar el «paradigma patriarcal dominante»[118] enfrentándose al padre y al cura, una vez consumado el matrimonio forzado; y como consecuencia de la descomposición de su propio reflejo (pues la tragedia de Rosaura es también su tragedia):

---

[116] «El orden patriarcal, fundamento de la nación, es precario, porque los padres y maridos, que deberían garantizar el orden y la coherencia de la sociedad, son débiles. Por tanto, en la novela de Riofrío se vislumbran las corrientes decadentistas de la segunda mitad del siglo XIX, en las cuales la falta de vitalidad y virilidad se revelan como la razón fundamental de la crisis de la nación». Véase Robert Folger, «El régimen visual, el cuerpo femenino», *op. cit.*, pág. 150.

[117] Deleuze y Guattari, *Für eine kleine Literatur, op. cit.*, pág. 11, la traducción es mía.

[118] Jorge Andrade, *Entre la santidad y la prostitución: la mujer en la novela ecuatoriana en el cruce del siglo* XIX *y* XX, en *Íconos: revista de ciencias sociales*, 28, Quito, FLACSO, 2007, pág. 39.

> Cuando el párroco, con gran satisfacción hubo echado la bendición nupcial, y el cortejo se encaminaba hacia el altar, Rosaura volvió el rostro, bajó el vestíbulo y se encaminó resueltamente a la casa de donde había salido para ir al templo. Al advertirlo, salió su padre y le dijo sobresaltado:
>
> —Rosaura ¿adónde vas?
>
> —Entiendo, señor, que ya no le cumple a usted tomarme cuenta de lo que yo haga.
>
> —¿Cómo es eso?
>
> —Yo tenía que obedecer a usted hasta el acto de casarme porque la ley me obliga a ello: me casé, quedé emancipada, soy mujer libre: ahora que don Anselmo se vaya por su camino, pues yo me voy por el mío (pág. 143).

Una vez emancipada, Rosaura inicia su progresivo descenso personal y social. La segunda parte de la novela corta inicia el relato ya situado en la periferia de la *ciudad* de Loja, mientras que la primera parte de la *histoire* tuvo lugar principalmente en el pueblo natal de Rosaura. Este movimiento hacia la ciudad anticipa el trágico desenlace que, ya una vez ubicado el relato en la ciudad de Loja, ocurrirá con la figura principal.

Posteriormente, en una escena en el campo, Rosaura es agredida por un caballero al interceder nuevamente en favor de unos indígenas. Sin embargo, Rosaura exime de culpa a su agresor para lograr generar así un diálogo entre dominador y dominados. Los indios, sin embargo, insisten en vengarla y hacerla respetar y le refutan al igual que su padre: «La letra con sangre entra» pero Rosaura les pide que no pronuncien esa palabra. Una vez más se presenta el *leitmotiv* fundacional de la literatura ecuatoriana, pero esta vez pronunciado por el sujeto dominado. La dialéctica que surge entre sujeto dominador y sujeto dominado es evidente. Si la primera mención de esta frase estaba en boca de don Pedro, símbolo del sistema patriarcal dominante, la segunda mención la pronuncian los indígenas, al igual que Rosaura en su condición de mujer, sujeto subalterno, subordinado. Para mí radica allí justamente la tensión que existe en el proceso fundacional de la nación ecuatoriana (sintetizado en esa oración): tanto el sujeto dominador como el sujeto dominado se apoyan en la violencia y no en la *letra,* en la palabra, en el lenguaje, es decir en el texto que se enuncia, para lograr alcanzar sus propósitos: para don Pedro es la obediencia de su hija, el mantenimiento de cierto orden patriarcal, para los indios el respeto hacia Rosaura y la defensa de sus derechos ante las injusticias sociales. Finalmente, sí existe una diferencia entre sujeto dominado y dominador, pues mientras don Pedro hace uso deliberado de la violencia, los indios desisten de ella por intervención de Rosaura. Adicionalmente se debe observar que es Rosaura quien desafía la tradicional jerarquización de castas y traspasa los límites de su comunidad cultural, lo que permite que los indígenas desistan del empleo de violencia.

En los últimos capítulos de la novela, la narración se precipita textualmente hacia el final. Rosaura, quien ahora vive sola en la ciudad de Loja, vive una vida desenfrenada. El *impulso destructivo* que la empujó al destierro la empuja ahora hacia la perdición y autodestrucción *(Selbstzerstörung)*. Sin embargo, la razón más plausible por la cual Rosaura finalmente sucumbe a la prostitución es otra. Llevada por el impulso de la venganza Rosaura no logra, en una sociedad que no acepta ni permite que una mujer viva sola e independientemente, encontrar otra forma de sobrevivir que la de prostituirse. Es decir, el destino de Rosaura está sujeto a los condicionamientos laborales que tenían las mujeres en su época y por ende a todo un sistema socioeconómico que se estaba formando sobre la base de una domesticidad. La *Selbszerstörung* (auto-destrucción) de Rosaura es una cuestión de *Selbsterhaltung* (supervivencia).

La última parte de la novela transcurre en el pueblo al que Rosaura había enviado a Eduardo. Pero a partir de este momento, el joven ya no desempeña ningún papel en su vida. Sin embargo, su última carta, que se encuentra en el escritorio de Rosaura después de su muerte es decidora. A diferencia de Rosaura, él toma una decisión diferente.

Núm. 1. Quito, 1 de septiembre de 1841

> «Rosaura, mi antigua amiga:
>
> »Si hubo un tiempo en que te hablé el lenguaje del amor profano, otro tiempo ha sobrevenido en que las cosas han cambiado y es necesario que también cambien las palabras.
>
> »Cuando pronunciaste el fatal sí en el templo de nuestro valle yo me puse en camino para recibir el sacramento del orden sacerdotal.
>
> »Al amor precoz que me inspiraste debí los estímulos que dirigieron por buen camino mis estudios y mi conducta; después me encaminaste por extraña senda a las aras del Padre que nos manda perdonar, y todo lo he perdonado [...] (pág. 162).

Al final, Eduardo se muestra completamente ciego ante el mensaje oculto de Rosaura. La exhortación al reverso de la carta «vete a la ciudad», que él se niega a atender, era una invitación a elegir una vida más allá del orden establecido —una alternativa que don Pedro quería negar a Rosaura con su intervención—. Era la oferta de llevar una vida diferente, sobre todo lejos del valle sofocante y opresivo. Pero en lugar de responder a esta llamada, Eduardo se aleja y entra en el monasterio. Con este paso, se somete al padre y a su ley. De hecho, es Eduardo quien —a diferencia de Rosaura— se somete a la patria *(potestas)*. Eduardo ni siquiera obedece el mensaje obvio de la carta de su padre. Más bien, simplemente la ha malinterpretado. Toma la primera página al pie de la letra: obedecer al padre. Para él, el padre es una autoridad divina, por lo que Dios se convierte ahora en el padre y resuelve entrar en el convento. Rosaura, en cambio, va a la ciudad. Esto deja claro que el mensaje del reverso de la carta —«vete a la ciudad»—, como ya dicho, va dirigido en realidad a ella misma. En cierto modo, se escribe a sí misma: «vete a la ciudad».

En la segunda parte de la novela ocurre un episodio importante que conecta los sucesos de la primera parte de la novela con su desenlace. Aquí podemos leer con qué precisión está elaborado el texto de Riofrío, qué bien pensadas e inteligentemente construidas están las estructuras de sustituciones deliberadas en el tejido narrativo. La trama tiene lugar el día 24 de junio, festividades cristianas de san Juan y al mismo tiempo, el final de las festividades indígenas del Inti Raymi o Fiesta del Sol. Esta dualidad es importante para entender las acciones de Rosaura, no solo desde la escritura ambigua y doble de la voz narrativa, sino también desde su interseccionalidad como mujer decimonónica y su solidaridad con la comunidad indígena.

El 24 de junio es el día de san Juan. Está próxima a la noche más larga del año, el Inti Raymi indígena, el día del solsticio del 21 de junio. Juan el Bautista alude a la conversión, *convertido,* transformación, mientras que el Inti Raymi marca en las comunidades indígenas andinas el día en que el sol alcanza su mayor distancia de la Tierra, motivo por el cual los pueblos agradecen su retorno y elevan plegarias por la fertilidad de la Pachamama[119]. Al igual que la festividad indígena, la cristiana está cargada de simbolismo, en la andina se honra el ciclo de la naturaleza a través de rituales de agradecimiento, renovación y purificación, la cristiana con «misa solemne, procesión, corrida de gallos, y tras esta se satisfacía la taurina pasión de nuestra raza» (pág. 151). La voz narrativa ya nos introduce de forma insidiosa en los sucesos pues afirma: «a los indios les tocaba la peor parte, pues sus gustos se reducían a trabajar para que los blancos de la ciudad se divirtieran» (pág. 151). Así el

[119] Pachamama: En la cosmovisión andina, la tierra como madre de todo.

lector es insertado en las peleas de gallos de estas festividades, que son tradicionalmente un ámbito masculino. El gallo es un símbolo de virilidad. Sus crestas rojas refuerzan su espíritu combativo. Aquí leemos lo siguiente:

> En un brioso corcel blanco, entró, fresca y encarnada, con largo vestido azul y sombrerito de paja, la misma amazona que seis meses antes había partido de otro valle intimidando a sus tiranos.
>
> Su presencia en esa plaza produjo una sorpresa animadora: pero la emoción general subió de punto, cuando se vio partir a esta beldad desconocida, pasar bajo la horca, arrancar un gallo, y no descargarlo sobre los caballeros que la galanteaban presentándole sus espaldas para recibir la dicha de un gallazo de sus manos, sino obsequiarlo a una india anciana y andrajosa diciendo:
>
> —Esta ha sido la dueña del animal, y se lo han quitado por fuerza, según la pena con que le estaba contemplando.
>
> —Cierto, ama mía, Dios se lo pague —dijo la india.
>
> Colocado el segundo gallo fue Rosaura por segunda vez fácilmente vencedora, porque los indios que tenían la cuerda, seducidos por la hermosura y agradecidos del acto de piedad de esta amazona, aflojaron de modo que el gallo quedase muy accesible.
>
> —Reclamo la costumbre —dijo un mozo grosero, y arrebató el gallo de manos de la joven causándole una leve lastimadura con el espolón y rasgándole parte del vestido.
>
> Los indios, que con su instinto fino conocen a quien los favorece, y le defienden con salvaje tenacidad, corrieron a pie tras el hombre de a caballo que había lastimado a su bienhechora, le alcanzaron, se prendieron de las riendas y de la acción sufrieron riendazos y gallazos del jinete y de los que acudieron en su defensa, hasta que llegó la joven y dijo a sus vengadores en lengua quichua:
>
> —¡Amigos míos! ¿Creéis que estas gotas de sangre merezcan ser vengadas? No, hijos, este es un desgraciado como vosotros y como yo: él ha reclamado la costumbre, en la costumbre está lo malo, y esta viene de muy atrás.

> —Él te ha faltado al respeto y le hemos de castigar —dijo un cacique.
>
> —Él no sabe lo que es digno de respeto; para él solo es respetable la costumbre, y como buen ignorante ha cumplido con su deber.
>
> —Nosotros le hemos de enseñar a respetar a las señoras como nosotros las respetamos.
>
> —Nuestra voz es muy débil, amigos, para enseñar, y nuestra situación muy triste para aprender. Dejad en paz a ese hombre, a quien la costumbre ha hecho ignorante y la ignorancia le ha hecho grosero.
>
> —La letra con sangre entra.
>
> —¡Por Dios!, no pronunciéis esa palabra.
>
> Los indios se retiraron; la joven fue conducida al convento; se le vendó la herida y se la hizo protagonista de una ruidosa francachela. Circuló el rumor entre las beatas de que una hereje extranjera se había presentado en El Valle por arte de Satanás y que había hecho cosas diabólicas (págs. 153-154).

«Sois una rata maldita y vais a ser exterminados», con estas palabras, don Pedro había golpeado en la primera parte de la novela al indígena indefenso. En esta escena, sin embargo, Rosaura, la transgresora de su género, invierte estas palabras por completo. Observamos que, el día de San Juan, el día de la conversión, Rosaura asume un papel masculino: no solo subvierte el discurso de su padre, sino que también devuelve a los indígenas los gallos que les habían sido arrebatados para el sangriento espectáculo. Este acto es doblemente escandaloso. Primero, porque el gallo es un símbolo de masculinidad y, según la tradición, solo debe circular entre hombres. Segundo, porque las peleas de gallos son un privilegio exclusivamente masculino y, en la jerarquía criolla, ser hombre significa ser blanco. Pero Rosaura desafía este orden al intervenir como mujer y aliarse con los indígenas. No solo reclama para sí un símbolo masculino, sino que va más allá: devuelve ese símbolo —el gallo, emblema de la virilidad— a los indígenas desposeídos. Este gesto desafía tanto el sistema patriarcal como la estructura racista de la sociedad. Su capacidad para hablar quechua refuerza aún más el grado en que ya muestra una transculturación, una «contaminación» interseccional, de «raza», género y clase, desde su propia identidad criolla para posicionarse como «la otra», como la alteridad americana. Su transgresión es una amenaza y una provocación para los criollos que la observan. Uno de los jóvenes presentes apela a la costumbre, a la tradición que dicta que el gallo solo puede circular entre hombres. Le arrebata a Rosaura uno de los gallos, el que los indígenas habían colgado deliberadamente más bajo para que fuera más fácil alcanzarlo y la hiere con el espolón del mismo gallo, un crecimiento óseo punzante, usado para la defensa y el apareamiento. Su sangre gotea sobre su vestido, en una escena que visualmente restablece el orden de género: él reafirma su masculinidad al herir el cuerpo femenino, mientras ella, al sangrar, es relegada de nuevo a su papel de mujer. Los indígenas intentan vengarla y se lanzan contra el joven, pero Rosaura los detiene. Les convence de que él no es el enemigo real: él mismo es una víctima de la costumbre. Con este gesto, rompe la oposición binaria de «nosotros y los otros». No solo los indígenas, sino todos los involucrados, los habitantes de la aldea están atrapados en este sistema opresivo. Este punto se vuelve aún más evidente cuando los indígenas repiten exactamente las palabras que el padre de Rosaura dijo en el momento clave de la primera parte de la novela, cuando Rosaura cedió ante el padre a casarse con don Anselmo: «La letra con sangre entra». En ese momento, los indígenas han adoptado la Ley del Padre, de don Pedro, y la han hecho suya o en palabras de Aníbal Quijano, la colonialidad del poder[120] les

[120] Aníbal Quijano, «Colonialidad del poder, eurocentrismo y América Latina», en Edgardo Lander (ed.), *La colonialidad del saber: eurocentrismo y ciencias sociales. Perspectivas Latinoamericanas,* Buenos Aires, 2000, págs. 201-246.

hace asumir el sistema cognitivo de los opresores como el propio. Y aquí entra en juego la «letra». En español, letra significa tanto «letra» como «escritura», mientras que en francés, *«lettre»* puede referirse tanto a «grafema, signo» como a «carta». Las palabras del padre—símbolo de la ley masculina—llegan a los indígenas cuando ellos las repiten, parafraseando a Lacan[121]. Pero este es precisamente el punto de inflexión que señala Rosaura: rechaza la idea de responder a la violencia con más violencia. Insiste a los indígenas en que, si permanecen dentro de la lógica de la «costumbre» a la que apela el joven criollo, nunca podrán escapar de ella. Rosaura ya había marcado esta ruptura durante la ceremonia de la boda: había dicho que «sí», tácticamente, pero actuó con un «no». El derrumbe del viejo orden se hace evidente en sus palabras finales. Al reconocer que el joven que la hirió también es víctima de la tradición, Rosaura adopta una postura de misericordia, que recuerda a la de Cristo en la cruz: «Padre, perdónalos, porque no saben lo que hacen». Su compasión no se limita a los indígenas, sino que se extiende a todos aquellos atrapados en la estructura de la costumbre, incapaces de ver una salida. Con esto, emerge por primera vez una dimensión cristológica en la figura de Rosaura. A medida que avanza la historia, esta dinámica de intertextualidad densa se intensifica, y no es casualidad que todo ocurra en el día de san Juan, día de Juan el Bautista, el precursor de Cristo, figura redentora. De igual manera ella habita en la calle San Agustín. El significado cristiano de Rosaura se va revelando poco a poco en este texto. Herida, busca refugio en un convento, donde las monjas la ven como una extranjera que, con sus actos «diabólicos», ha causado revuelo en las celebraciones. Su nombre queda asociado con el demonio. Pero si analizamos sus acciones, vemos que se limitan a devolver los gallos de pe-

---

[121] Véase nota 107 sobre Lacan.

lea a los indígenas. Se trata de un intento de mitigar la discriminación racial profundamente anticristiana que sufren los indígenas, quienes llevan siglos cristianizados. Rosaura busca incluirlos en las festividades de san Juan. Estos indígenas no son «salvajes» en el sentido romántico, sino que forman parte de la comunidad cristiana desde hace generaciones. Rosaura hace evidente la contradicción más fundamental del proyecto colonial europeo: el hecho de que los indígenas son excluidos de las festividades cristianas, a pesar de habitar una sociedad que a través de su labor misionera, profesa su inclusión. Es inconcebible argumentar con el proyecto de cristianización y civilización y luego relegar a los indígenas al margen con desprecio, tratándolos de «raza maldita». Sin embargo, la sociedad se niega a aceptarlo. La costumbre, la tradición, impone la idea de que existen cristianos de primera y de segunda clase. Esto es teológicamente insostenible: el cristianismo no admite jerarquías de ese tipo. El día de san Juan recuerda precisamente este hecho: el bautismo de los indígenas, forzado o no. Es Rosaura quien con su acción pone el foco en esto. Por ello, las monjas la tachan de criatura de Satanás (una emisaria del diablo). Aquí emerge una de las tensiones fundamentales de las sociedades poscoloniales. Se evoca la célebre frase de Bolívar: «Nosotros somos un pequeño género humano», es decir: «no somos indios ni europeos, sino una especie media entre los legítimos propietarios del país y los usurpadores españoles», atrapados entre dos mundos.

> Habitaba una casita en la calle de San Agustín que era la más pintoresca de la ciudad: tenía a pocos metros la grande acequia que pasa a batir el molino de los dominicos. La puerta siempre abierta mostraba en exposición permanente un pequeño plantío de espárrago, rosas, jazmines y claveles entre higueras, duraznos y tomates que hacían del patio un bosque y un jardín.
>
> Al entrar la amazona salía un criado y se encargaba del caballo; otro estaba en la cocina: estos dos y no más eran

> su servidumbre: ella subía una grada de madera, llegaba a su cuarto de tocador; cambiaba su ropa de a caballo por otra de trapillo; descansaba por una o dos horas meciéndose en su hamaca y leyendo alguna cosa: también tenía sus ratos de escribir. Después arreglaba mejor la veste y el peinado y salía a la sala de recibo; esta era espaciosa, pero un poco desmantelada, pues había sido antes sala de billar de modo que la palabra «billar» llegó a tener una aceptación convencional y maliciosa que envilecía el nombre de la dama y la hacía verter lágrimas secretas de amargura que ella procuraba ahogar en los placeres (págs. 155-156).

El supuesto «libertinaje» de Rosaura debe entenderse dentro de este contexto. A diferencia de su casa paterna, que estaba herméticamente cerrada al mundo exterior —su padre había asegurado todas las puertas para obligarla a vivir confinada en el traspatio—, su nuevo hogar en Loja se define por «una puerta siempre abierta». Este símbolo va más allá de la accesibilidad de su cuerpo —pues Rosaura se convierte en prostituta—; también señala la existencia de un nuevo orden social. Su casa es un espacio donde nadie es rechazado, un lugar de acogida para todos. Su casita representa un contra-modelo a la ley patriarcal de su padre. Mientras que la casa de su infancia estaba regida por la autoridad masculina y la exclusión, aquí impera la ley de la madre: un orden generoso e inclusivo. Esto se refleja en la biografía de Miguel Riofrío[122], quien creció en un hogar dirigido por una madre que tuvo hijos de tres hombres distintos sin someterse a ninguno de ellos, como afirma Stacey Chiriboga[123]. Ella se

---

[122] Igual hipótesis de trabajo y de análisis literario podemos plantear, respecto de la madre de Rosaura —personaje de novela—, la primera mujer liberada, la primera mujer emancipada, antes que la misma Rosaura que, en la realidad bien fue o bien pudo ser su madre —la madre de Miguel Riofrío—. Véase Fausto Aguirre, «Estudio introductorio», *op. cit.*, pág. 54.

[123] Marcia Stacey de Valdivieso, *Entre la patria y la pluma*, *op. cit.*, págs. 26-27.

convirtió en una figura integradora, capaz de mantener la cohesión familiar sin la presencia de un padre. Rosaura, en cierto modo, prolonga esa experiencia.

> Entre la corrupción que tiraniza y la corrupción que halaga no es dudosa la elección para una criatura inexperta y de alma ardiente como Rosaura. Los déspotas y los fanáticos son los que empujan la sociedad a la región del libertinaje.
>
> Esto es lo que debe decirse en vez de descubrir los festines, las orgías y los excesos que en casa de Rosaura iban quedando bajo la jurisdicción de las tinieblas. Basta saber que en los primeros días de septiembre, destinados a la afamada feria del Cisne, se veía a esa infeliz mujer en los garitos, dejándose obsequiar hasta por los beodos de los figones.
>
> Pasados estos días de gran bullicio la casa de Rosaura estaba siempre cerrada y las noches en silencio. Alguna mudanza sustancial había ocurrido (págs. 156-157).

En América Latina, el burdel ocupa un lugar central en la estructura social y política, y la meretriz adquiere un significado particular[124]. La conexión entre la casa y el cuerpo femenino, entre lo privado y lo erótico, encierra una dimensión política. Como señala Jameson, en las sociedades poscoloniales incluso las narrativas más íntimas o eróticas poseen un trasfondo político[125]. Rosaura encarna así un cuerpo estatal alternativo —un modelo femenino que desafía al Estado patriarcal—. En su casa, las jerarquías sociales y étnicas impuestas por la costumbre dejan de tener validez. Su casita es una utopía en la que la exclusión y la estratificación social ya no rigen. Solo desde esta perspectiva se comprende por qué Rosaura, que antes aparecía como

---

[124] Véase por ejemplo las novelas *La casa verde* y *Pantaleón y las visitadoras* de Mario Vargas Llosa.

[125] Fredric Jameson, «Third-World Literature», *op. cit.*, págs. 65-67.

una guerrera amazónica en la pelea de gallos, queda ahora reducida a su cuerpo. No es que caiga en desgracia por debilidad. Más bien, su entrega amorosa a todos es la consecuencia lógica de la disolución de las fronteras sociales que ella misma inició en la arena de los gallos y con su emancipación frente al altar. La voz narrativa comenta esto de la siguiente manera: «Los déspotas y los fanáticos son los que empujan la sociedad a la región del libertinaje» (pág. 157). Así en la última sección de la novela aparecen varias cartas de Rosaura y Eduardo que se encuentran junto al cuerpo muerto de la heroína.

> A estas cartas que dan indicios vehementes de un suicidio se agrega lo que dicen unánimemente los declarantes, a saber, que esta señora, estando con fiebre y con otras enfermedades, convidó para un paseo a unas veinte personas, casi todas de la plebe: comió como desesperada, frutas y manjares que le hicieron daño: apuró licores por primera vez, porque antes aunque era alegre no bebía: y casi ahíta, embriagada y casi delirante por la fiebre, entró a bañarse a las seis de la tarde en el agua helada del Zamora. A las once de la noche el apoplético la mandó a la eternidad (pág. 170).

Antes de su muerte, se dice que Rosaura se había consumido por completo, que su propio cuerpo se había convertido en el símbolo de su entrega sin límites. Rosaura se agota hasta la extenuación, no solo física, sino también social y simbólicamente. Su entrega no es simplemente un acto de amor o solidaridad, sino un gesto radical de autodisolución y entrega. Al darse a todos, borra las fronteras entre ella y los demás. Ya no existe como un sujeto individual, sino como un medio de total permeabilidad, como la encarnación de un orden que trasciende la costumbre. Sin embargo, en este exceso también se gesta su propia creación. Rosaura no se define por la contención o la autopreservación, sino por la absoluta entrega de su cuerpo y su identidad. Su exceso[126] no es solo un acto de devoción, sino también una forma de resistencia contra las rígidas categorías de clase, género y etnia. Su muerte, por lo tanto, no es una derrota ni una consecuencia de la debilidad, sino el desenlace lógico de su transgresión: Rosaura desaparece porque desborda los límites del orden establecido. En su agotamiento total, se convierte en el símbolo de una posibilidad utópica, una alternativa radical que, sin embargo, no puede sostenerse dentro de las estructuras existentes.

Rosaura se encuentra sumida en la desesperación debido a su propia confusión interna cuando Eduardo reaparece en su vida. Eduardo, quien se ha entregado a la Ley del Padre, quien malinterpretó la carta, quien deseaba presenciar su matrimonio y no la acompañó a la ciudad y que, finalmente, decidió ingresar en el convento. Comienza a enviarle cartas cada vez más severas, en las que intenta persuadirla de que retorne a los «caminos de la virtud» (pág. 166), es decir, que se someta, en última instancia, a la ley paterna. En este contexto, emergen dos aspectos fundamentales: por un lado, la idea de la muerte como un elemento positivo y, por otro, el componente cristológico.

> Al entrar vieron en el cuarto del zaguán un grupo apiñado de hombres y mujeres: varios jóvenes de los que componían el grupo habían empalidecido, y la concurrencia en general se mostraba conmovida [...]. Rosaura iba a sufrir las expiaciones de ultratumba.
>
> Los cuatro peones, sin emoción de ningún género, levantaron el cadáver, le sacaron del cuarto, le colocaron so-

---

[126] Dentro de «exceso» se encuentra el significado de «excedente». La palabra viene de latín *«excedere»* y describe algo que va más allá de un límite. El exceso no se puede contener sin más; a veces incluso surge precisamente cuando se intenta limitar a alguien o algo, como ocurre con Rosaura en este caso. El exceso es algo que se desborda, que crece más allá de un límite, y eso puede reconocerse. Rosaura permite a la literatura ecuatoriana crecer más allá de sus confines.

> bre una hilera de adobes en la mitad del patio y la desnudaron hasta la cintura (págs. 159-160).

La idea central radica en la unidad de todas las personas bajo el nombre de Rosaura, eliminando así las fronteras entre clases sociales y en el caso de *La emancipada,* también raciales. Este aspecto resulta especialmente relevante para una lectura intertextual e interseccional de la novela *La emancipada.* Hacia el final del texto, algunos personajes llegan a reconocer a Rosaura como una figura cristológica, aunque la mayoría no comparte esta visión. En contraste, otros, como las monjas, la consideran «diabólica». El desenlace sin embargo está relatado de manera impactante: Rosaura ya se encuentra muerta y el relato se traslada a la perspectiva del narrador-testigo de esta historia. Se trata de un joven estudiante de Óptica y Acústica quien acompaña a su catedrático asignado para la autopsia de Rosaura. Ya que el joven no soporta ver «correr cruelmente las cuchillas y descubrirse las repugnantes interioridades escondidas en el seno de Rosaura [...] no pudo continuar mirando la profanación sarcástica del cuerpo de una mujer, pues había creído hasta entonces *obscura* y *vagamente* que la constitución fisiológica de este sexo debía ser durante la vida, un incógnito misterio, radiante de gracias y de hechizos [...]» (pág. 160). Los médicos acuden de inmediato a la casa, y en el marco de la alegoría nacional, representan a aquellos encargados de sanar el cuerpo enfermo del Estado. Buscan determinar la causa de su muerte, pero en lugar de tratar su cuerpo con respeto, lo exponen a plena luz del día en el patio, el mismo espacio marginal en el que ella había vivido (traspatio). Allí comienza la disección: los médicos abren su cuerpo, comenzando por el abdomen, siguiendo un patrón reconocible. Evidentemente resulta fundamental considerar que el narrador-testigo es un estudiante de Óptica y Acústica. Como excelentemente analiza Carlos Burgos «[e]l enigma representado por ese cuerpo de mujer es abierto por las cuchillas. El médico quiere volver legibles los signos de esa corporalidad que al narrador se le presenta misteriosa y esquiva. Se busca extraer los datos de ese cuerpo. El médico, a través de la vivisección, educa al narrador. El método científico como forma lícita y moderna de aproximarse a los cuerpos»[127]. Su proceder responde a la lógica de verlo todo, saberlo todo, curarlo todo. Se disecciona el cuerpo femenino para desentrañar los secretos de la reproducción[128]. Sin embargo, en este caso, la investigación de los médicos es en vano. Pretenden comprender a Rosaura a través de su anatomía, pero solo encuentran «repugnantes interioridades».

> Al ver correr cruelmente las cuchillas y descubrirse las repugnantes interioridades escondidas en el seno de Rosaura, de la que poco antes había sido una beldad, un sudor frío corrió por la frente del estudiante: no pudo continuar mirando la profanación sarcástica del cuerpo de una mujer, pues había creído hasta entonces obscura y vagamente que la constitución fisiológica de este sexo debía ser durante la vida, un incógnito misterio, radiante de gracias y hechizos, y que al morir, estos secretos que tienen tanto de divino para las almas juveniles, no podían ir a hundirse en el sepulcro, sin que antes tocasen las campanas sus fúnebres clamores, se encendiesen los blandones alrededor de un féretro, se entonasen cánticos sagrados y se acompañase con lágrimas y sollozos a la que va en funérea procesión a despedirse para siempre. Apartó la vista de este espectáculo que iba dando muerte a todas sus ilusiones y se retiró [...].

---

[127] Carlos Burgos, «*La emancipada*: delitos conservadores, delitos liberales», *Entensión. Olmedo, Riofrío, Montalvo: cultura, literatura y política en el* XIX *ecuatoriano,* Guayaquil, Universidad Católica de Santiago de Guayaquil, 2008, pág. 72.

[128] Este motivo de la disección también aparece en otras obras naturalistas, donde el cuerpo femenino se convierte en un objeto de estudio y control dentro del discurso médico y positivista.

> Siendo la consigna del centinela de que nadie entrase ni saliese hasta que la larga operación de la autopsia hubiese terminado, el estudiante tuvo de entrar en el cuarto de donde la difunta acababa de salir, pues era el único asilo que le quedaba.
>
> Allí estaban la manta y la antorcha funeraria, y cerca de esta hablaban un comerciante y un abogado de Cuenca sobre la injusticia con que se atribuía a su paisano el señor M... la muerte de esa mujer: para comprobarlo había relatado algunos antecedentes que ya hemos referido, y leyeron enseguida las cartas y los borradores que se habían encontrado en el costurero de la difunta (págs. 160-161).

El estudiante-narrador, horrorizado por la escena, se aparta y regresa al interior de la casa, donde descubre la correspondencia entre Rosaura y Eduardo. Mientras sus colegas se concentran en el cadáver, él examina otro tipo de *corpus:* el de las cartas, el *corpus* epistolar, *corpus* textual. A través de ellas, accede a la lucha de Rosaura contra la *tradición,* a la *conversión* de Eduardo y al fatídico y táctico «sí». Al final, la lectura de las cartas revela que Rosaura llevó su propia autodestrucción al extremo con tal de escapar de los intentos de conversión del joven sacerdote que buscaba anular su nueva identidad.

> Más daño me han hecho mis benefactores que mis tiranos: para estos me basta con el odio; para destruir la obra de los otros necesito de vértigos, ofuscamiento, bullicio aturdidor. Concédeme la gracia de guardar silencio o romperé cañas contigo. Yo no puedo vivir sino de emociones, las emociones son un sueño y no quiero que nadie me despierte.
>
> Tú sabes algo de mi primera educación, pero no lo sabes todo. Mi madre me enseñó a conocer a Dios, llevándome a las colinas de nuestro pueblo y diciéndome con acento cariñoso [...] (pág. 164).

Mientras tanto, los demás médicos permanecen ajenos a esta revelación, tampoco queda claro si el joven médico logra comprender la alegoría nacional presente en las cartas, pero su empatía contrasta con la brutalidad del resto, quienes solo dejan tras de sí un cuerpo destrozado. Esta escena representa una crítica de Riofrío al pensamiento positivista de la época: los médicos creen poseer el conocimiento absoluto, pero en realidad son tan ciegos como Eduardo, quien en la boda pretendía también solo «ver», presenciar, pero sin entender. La *mirada masculina* como herramienta de control es deconstruida aquí. La mujer es observada, fragmentada y reducida a partes. Desde una perspectiva feminista, esto refleja la manera en que las estructuras patriarcales han subyugado a las mujeres a través de la medicina, el matrimonio y la religión. Eduardo, los médicos y don Pedro se convierten en figuras paralelas en este contexto: el padre intenta obligar a Rosaura a casarse, Eduardo busca imponerle la fe hasta el final con sus cartas y los médicos le arrebatan su cuerpo, despojándolo de toda identidad. La disección simboliza la incapacidad del orden patriarcal para comprender lo diverso y dinámico. Rosaura, con su casita que acogía a distintas clases sociales, encarna precisamente esa amenaza para la rigidez del sistema. Desde la perspectiva de la alegoría nacional, esto sugiere que los «estados paternos», como los concebía Bolívar en su noción de soberanía, son incapaces de integrar las fuerzas heterogéneas de las naciones recién formadas, Riofrío literaturiza el dilema fundamental[129], también de los criollos y

[129] Robert Folger afirma al respecto que «la conclusión del abogado de que Rosaura se suicidó implica que se le niegue a la muerta un entierro en el camposanto con los rituales cristianos correspondientes. Sin los ritos de paso *(rites de passage)* apropiados y la transformación del cuerpo descompuesto en representación y artefacto estable, la muerta perseguirá a los sobrevivientes como fantasma». Véase Robert Folger, «El régimen visual, el cuerpo femenino», *op. cit.*, pág. 152.

más aún de aquellos con descendencia heterogénea, como el mismo autor:

> [...] no somos indios ni europeos, sino una especie media entre los legítimos propietarios del país y los usurpadores españoles; en suma, siendo nosotros americanos por nacimiento; y nuestros derechos los de Europa, tenemos que disputar éstos a los del país, y que mantenernos en él contra la opinión de los invasores [...][130].

En *La emancipada,* la figura paterna es despojada de autoridad de manera más radical que en cualquier otra obra literaria del siglo XIX latinoamericano[131]. A la vez, se introduce la idea de una comunidad alternativa centrada en una ley alternativa, incluyente (¿maternal?, véase *la casita maternal),* pero su fracaso es inevitable debido a los condicionamientos sociales, la colonialidad del poder y del género[132]. Rosaura sucumbe ante su propia radicalidad y su negativa a asimilarse al orden establecido y esto es retratado con gran intensidad. Su transgresión de los límites simbólicos del lenguaje y la tradición la condena a la destrucción. Esto pone de manifiesto un problema esencial: la imposibilidad de un estado alternativo de carácter incluyente dentro del sistema patriarcal. La masculinidad hegemónica se

---

130 Simón Bolívar, «Carta de Jamaica», *op. cit.*, págs. 66-87.

131 Como afirma Ángel Esteban en su introducción a *Cumandá* (1879) de Juan León Mera, la unión entre la indígena Cumandá y Carlos, hijo del Padre Domingo de Orozco, que se ha convertido de «colono explotador a un sacerdote», como Bartolomé de las Casas (véase Sylvia Wynter al respecto) es impedida por la «oposición de las familias indígenas para mezclarse con los blancos por odios de raza [...]» (Madrid, Cátedra, 1998, pág. 54). En esta otra novela fundacional ecuatoriana podemos ver que el programa ideológico del texto es contrario al de Riofrío.

132 Aníbal Quijano, «Colonialidad del poder», *op. cit.* Véase también María Lugones, «Colonialidad y género», *Tabula Rasa*, Bogotá-Colombia, No. 9, 2008, págs. 73-101.

mantiene intacta; el «caballero»[133] con su látigo y bastón sigue representando el poder dominante, mientras que Rosaura, asociada con los indígenas, queda al margen de esta jerarquía. Los médicos destrozan su cuerpo sin comprenderlo, pues la realidad alternativa que Rosaura simbolizaba y a la que apuntan sus acciones simplemente no existe dentro de su marco conceptual. Sin embargo, la narración culmina con un giro reivindicativo: tras la mutilación, cuatro indígenas aparecen y reensamblan el cuerpo de Rosaura.

> Como esta relación estaba más terrible que la presencia del cadáver, el estudiante salió a buscar un aire más respirable que el de ese cuarto, y se encontró con el espectáculo de los peones que estaban recogiendo en el ataúd trozos de carne humana engangrenada[134].
>
> Allí estaba exangüe y despedazado el corazón que había hecho palpitar a tantos corazones.
>
> Por la tarde cuatro indígenas pisoneaban una sepultura y los curiales daban por terminado el sumario por no haber lugar a formación de causa. He aquí el fin de la que fue Rosaura (págs. 170-171).

Los indígenas recomponen el cuerpo y el *corpus* ideológico de Rosaura. Así, el relato cierra su círculo: Rosaura se convierte en una *figura de sacrificio,* en un sueño utópico frustrado y, al mismo tiempo, en una mártir de una posibilidad que no pudo materializarse pero que queda como posibilidad abierta para el futuro[135].

---

[133] El padre de Rosaura afirma cuando discute sobre la posibilidad de que ella entre en el convento: «Pero pasando a otra cosa: no te darían los votos para monja de velo negro, porque esas monjas son muy melindrosas en asuntos de linaje, y aunque *yo soy tan caballero* como los padres de muchas de ellas, no dejan de hacerme algunos melindres, pues hubo mil de habladurías cuando me casé con tu madre» (pág. 132, la cursiva es mía).

[134] Se refiere a gangrenada.

[135] En este punto difiero de las interpretaciones de Moscoso y Balseca. Con Marín veo la potencialidad de la novela de «comprometerse» con el

El gran logro de Riofrío, a mi modo de ver, radica en que no invisibiliza la paradoja constitutiva de su ficción fundacional. Él no intenta sobrescribir las costumbres ni la tradición pues sabe que no es posible fundar una nación sin esos precedentes. Sin embargo, la verdadera emancipación de Rosaura radica justamente allí: como operación lingüística (el voltear la página y reescribirla) y táctica[136] (no invisibilizar el pre-texto y a la vez establecer y componer semántica —y tipográficamente— el nuevo texto), conteniendo y articulándose entre su espacio autónomo-fundacional (de la mujer, del indio y del subordinado) y el espacio hegemónico-tradicional (del padre, del cura y el teniente político). Un balance entre estas dos fuerzas constitutivas del estado latinoamericano: el espacio de apertura y el espacio de clausura. Obsérvese que se podría discutir si el espacio de clausura es el espacio del progreso y si por el contrario el espacio de apertura representa una dimensión regresiva[137].

La novela *La emancipada* se mantiene por ello en el espacio de lo indistinguible *(den Raum des Unentscheidbaren*

---

otro («Profanar cuerpos / profanar naciones. Acerca de *La emancipada* como novela fundacional de la literatura ecuatoriana», *op. cit.*, pág. 101). Igualmente comparto las conclusiones de la excelente lectura de Robert Folger quien afirma que «en el nivel alegórico, la rebelión de Rosaura es una rebelión invisibilizada de los subalternos». Véase Robert Folger, «El régimen visual, el cuerpo femenino», *op. cit.*, pág. 151.

[136] Sobre el concepto de táctica como «un cálculo que no puede contar con un lugar propio» véase especialmente Michel de Certeau, *La invención de lo cotidiano, op. cit.*

[137] Martha Moscoso plantea en su excelente estudio sobre *La emancipada* que aunque «la burla de la autoridad paterna (el gobernante), del cura (la Iglesia) y de la autoridad civil es presentada como el recurso para la emancipación de la tiranía, es un arma de doble filo que lleva irremediablemente a la protagonista a la perdición, pues se ubica del lado de los que están al margen de las leyes civil religiosa», en Martha Moscoso, «Imágenes y roles de género en *La emancipada*. Primera novela ecuatoriana, 1863», Scarlett O'phelan Godoy y Margarita Zegarra Flórez (eds.), *Mujeres, familia y sociedad en la historia de América Latina, siglos* XVIII-XXI, pág. 441.

bewahren), en el único intersticio textual en donde puede surgir la fundación textual y narrativa nacional (ecuatoriana): entre la carta/página *pre*-escrita y la *page blanche re*-escrita, al revés de la carta, entre el espacio *pre*-liminal y el espacio liminal, entre el revés y la palabra.

Esta edición

He tenido en cuenta y he seguido casi en su totalidad la edición de Fausto Aguirre Tirado de 1992 en la editorial Libresa, la primera edición completa y la mejor realizada hasta la fecha.

También hemos seguido esas indicaciones en lo referente al uso de comillas y puntos suspensivos. Asimismo, se han seguido las correcciones de algunas erratas de ediciones anteriores.

Hemos tenido en cuenta las normas ortográficas dictadas por la Real Academia en las dos décadas del presente siglo y otras pautas en signos de puntuación, adecuándolas a un discurso actualizado.

Agradezco a Fausto Aguirre Tirado todos los detalles, la bibliografía y las múltiples perspectivas que me ha ofrecido en la interpretación de la obra de Miguel Riofrío. A Josune García, mi agradecimiento por la confianza en este proyecto y todas sus sugerencias y apoyo.

Bibliografía

Ediciones principales de «La emancipada» y otras obras de Miguel Riofrío

La emancipada, introducción de Alejandro Carrión, Loja, H. Consejo Provincial de Loja, 1974.

La emancipada, introducción de Antonio Sacoto, Cuenca, Universidad de Cuenca, 1983.

La emancipada, estudio introductorio de Miguel Donoso Pareja, Quito, Editorial El Conejo, 1984.

La emancipada, introducción de Antonio Sacoto, Guayaquil, Universidad de Guayaquil, 1988.

La emancipada, estudio introductorio y notas de Fausto Aguirre, Quito, Editorial Libresa, 1992 [Texto fundamental].

La emancipada, estudio introductorio y notas de Fausto Aguirre, Loja, Universidad Técnica Particular de Loja, 2005.

La emancipada, segunda edición crítica, ampliada y mejorada de Flor María Rodríguez-Arenas, Doral, Editorial Stockcero, 2009.

La emancipada, Quito, Clásicos Ariel, 2018.

Correcciones de defectos de lenguaje para el uso de las escuelas primarias del Perú, edición facsimilar y estudio introductorio de Fausto Aguirre Tirado, Loja, Editorial El Quijote, 2021 [1874].

Obras citadas

Albrektson, Bertil, «Difficilior Lectio Probabilior: A Rule of Textual Criticism and its Use in Old Testament Studies», *Remembering All the Way...*, Leiden, Brill, 1981, págs. 5-18.

Altamirano, Ignacio Manuel, *El Zarco,* México D. F., Siglo XXI, 2001 [1888-1901].

Anderson, Benedict, *Comunidades imaginadas. Reflexiones sobre el origen y la difusión del nacionalismo,* México D. F., Fondo de Cultura Económica, 1993.

Andrade, Jorge, «Entre la santidad y la prostitución: la mujer en la novela ecuatoriana en el cruce del siglo xix y xx», en *Íconos: revista de ciencias sociales,* 28, Quito, FLACSO, 2007, páginas 35-45.

Arrom, José Juan, «Esquema generacional de las letras hispanoamericanas (ensayo de un método) (continuación)», *Thesavrvs,* 17, 1, págs. 110-128.

Asociación de academias de la lengua española, *Diccionario de americanismos,* Madrid, Santillana Ediciones Generales, 2010.

Balseca, Fernando, «En busca de nuevas regiones: la nación y la narrativa ecuatoriana», en Gabriela Pólit Dueñas (ed.), *Crítica literaria ecuatoriana. Hacia un nuevo siglo. Antología,* Quito, Flacso, 2001, págs. 141-155.

Barrera, Isaac J., *Historia de la literatura ecuatoriana,* Vol. III, Quito, Editorial Casa de la Cultura Ecuatoriana, 1950.

Bhabha, Homi K., *The Location of Culture,* Londres, Routledge, 1994.

Bolívar, Simón, «Carta de Jamaica», en *Doctrina del Libertador,* Manuel Pérez Vila (ed.), Caracas, Biblioteca Ayacucho, 2009 [1815], págs. 66-87.

Bonatti, Andrés y Valdez, Javier, *Una guerra infame. La verdadera historia de la Conquista del Desierto,* Buenos Aires, Edhasa, 2015.

Burgos, Carlos, «*La emancipada:* delitos conservadores, delitos liberales», en Carlos Burgos, *Entensión: Olmedo, Riofrío, Montalvo: cultura, literatura y política en el* xix *ecuatoriano,* Guayaquil, Universidad Católica de Santiago de Guayaquil, 2008, págs. 61-79.

CALLE, Manuel J., *Biografías y semblanzas,* Guayaquil, Ariel, 1978.

CERTEAU, Michel de, *La invención de lo cotidiano I. Artes de hacer,* México D. F., Universidad Iberoamericana, 1996.

CERVANTES, Miguel de, *El ingenioso hidalgo don Quijote de la Mancha,* edición del IV Centenario, Bogotá, Real Academia Española, 2005 [1605].

CRUZ-CARVAJAL, Isleny, «*María,* de Jorge Isaacs: un siglo de adaptaciones en cine y televisión», *Literatura y lingüística,* núm. 48, 2023, pág. 49.

DELEUZE, Gilles y GUATTARI, Félix, *Kafka. Für eine kleine Literatur,* Frankfurt, Suhrkamp, 1976.

DONOSO, Justo, *Diccionario teolójico, canónico, jurídico, litúrjico, bíblico, etc.,* Valparaíso, Imprenta y librería del Mercurio, 1855.

REAL ACADEMIA ESPAÑOLA, *Diccionario de la lengua española,* vigésima tercera edición, Madrid, Espasa-Calpe, 2014.

ESTEBAN, Ángel, *Cumandá o un drama entre salvajes,* Madrid, Cátedra, 1998.

FANON, Frantz, *Piel negra, máscaras blancas,* Buenos Aires, Editorial Abraxas, 1973.

FAVERÓN, Gustavo, *Contra la alegoría. Hegemonía y disidencia en la literatura latinoamericana del siglo* XIX, Theorie und Kritik der Kultur und der Literatur / Teoría y Crítica de la Cultura y de la Literatura, Leipzig, Olms Verlag, 2011.

FOLGER, Robert, «El régimen visual, el cuerpo femenino y la nación imposibilitada en el Ecuador del siglo XIX: *La emancipada* (1863) de Miguel Riofrío», *La mirada del otro en la literatura hispánica,* Wien, LIT, 2017, págs. 137-153.

FREUD, Sigmund, «Trauer und Melancholie», en *Studienausgabe,* tomo III, *Psychologie des Unbewussten,* Frankfurt, Fischer, 1975 [1917], págs. 194-212.

GALLO ALMEIDA, Luis, *Sumario de la Literatura Ecuatoriana,* Quito, Tip. y Encuad. de la Prensa Católica, 1921.

GÓMEZ DE AVELLANEDA, Gertrudis, *Sab,* edición de José Servera, Madrid, Cátedra, 2014 [1841].

GREBE, Marc-André, «Ciudadanía, constituciones y relaciones interétnicas en la sierra ecuatoriana (1812-1830)», *Procesos: revista ecuatoriana de historia,* 36, 2012, págs. 88-89.

HASSAUREK, Friedrich, *Liberty of the Press. Four years among Spanish-Americans,* Nueva York, Hurd and Houghton, 1868.

Isaac, Jorge, *María,* edición de Donald McGrady, Madrid, Cátedra, 2006.

Jameson, Fredric, *The Political Unconscious. Narrative as a Socially Symbolical Act,* Londres / Nueva York, Routledge, 1983.

Jaramillo Alvarado, Pío, *Crónicas y documentos al margen de la historia de Loja y su provincia,* Guayaquil, Editorial de la Casa de la Cultura Ecuatoriana, Núcleo del Guayas, 1974.

Koschorke, Albrecht, «Götterzeichen und Gründungsverbrechen. Die zwei Anfänge des Staates» en *Die Neue Rundschau, [Heft I],* 2004, págs. 40-55.

Lacan, Jacques, *Escritos 1,* México, Siglo XXI, 1988.

Leopold, Stephan, «Introducción: ¿Y cómo se escribe la Independencia?», en Robert Folger y Stephan Leopold (eds.), *Escribiendo la independencia. Perspectivas postcoloniales sobre la literatura latinoamericana del siglo XIX,* Frankfurt/M.: Vervuert-Iberoamerikanisches Institut 2010, págs. 7-19.

Lugones, María, «Colonialidad y género», *Tabula Rasa,* Bogotá-Colombia, núm. 9, 2008, págs. 73-101.

Luhmann, Niklas, *La ciencia de la sociedad,* México D. F., Anthropos, 1996.

Marín Lara, Karina, «Profanar cuerpos / profanar naciones. Acerca de *La emancipada* como novela fundacional de la literatura ecuatoriana», *La Palabra,* 29, 2016, págs. 89-102.

Mera León, Juan, *La virgen del sol, leyenda indiana,* Quito, Imprenta de los huérfanos de Valencia, 1861.

Moscoso, Martha, «Imágenes y roles de género en *La emancipada.* Primera novela ecuatoriana, 1863», en Scarlett O'phelan Godoy y Margarita Zegarra Flórez (eds.), *Mujeres, familia y sociedad en la historia de América Latina, siglos* xviii-xxi, páginas 429-443.

Neira, Raúl, «Construcción social de la "domesticidad" de la mujer en la novelística ecuatoriana: *La emancipada* (1863)», en Pamela Bacarisse (ed.), *Tradición y actualidad de la literatura iberoamericana,* Pittsburgh, University of Pittsburgh, 1995, págs. 147-152.

Pérez Pimentel, Rodolfo, *Diccionario biográfico del Ecuador,* Tomo II, Guayaquil, Universidad de Guayaquil, 1987.

Pesántez Rodas, Rodrigo, *Literatura ecuatoriana. 6to. Curso,* Quito, Ediciones Universal, 1978.

RAMA, Ángel, *La ciudad letrada,* Hannover, Ediciones del Norte, 1984.
RODRÍGUEZ CASTELO, Hernán, *Miguel Riofrío. El hombre y el escritor,* Loja, Universidad
Técnica Particular de Loja, 2018.
ROJAS, Ángel F., *La novela ecuatoriana,* México, Fondo de Cultura Económica, 1948.
SALAZAR ESTRADA, Yovany, *Microensayos de crítica literaria,* Loja, Casa de la Cultura Ecuatoriana, Núcleo de Loja, 2006.
VALDANO MOREJÓN, Juan, *La pluma y el cetro,* Cuenca, Universidad de Cuenca, 1977.

La emancipada

Primera parte[1]

Nada inventamos: lo que vamos a referir es estrictamente histórico: en las copias al natural hemos procurado suavizar algún tanto lo grotesco para que se lea con menor repugnancia. Daremos rapidez a la narración deteniéndonos muy poco en descripciones, retratos y reflexiones.

[1] Fuentes principales para el léxico de las notas: DRAE: Real Academia Española, *Diccionario de la lengua española,* vigésima tercera edición, Madrid, Espasa-Calpe, 2014. DAMER: Asociación de Academias de la Lengua Española, Diccionario de americanismos, Madrid, Santillana Ediciones Generales, 2010.

I

En la parroquia de M...[2] de la República ecuatoriana se movía el pueblo en todas direcciones, celebrando la festividad de la Circuncisión, pues era primero de enero de 1841.

Solo un recinto estaba silencioso y era el jardín de una casa de cuyas puertas habían quedado acerrojadas[3] desde la víspera. Allí hablaba una joven lugareña con un joven recién llegado de la capital de la República.

---

[2] Del griego παροικος/parroikos, «habitar cerca». La parroquia es en Ecuador la división territorial y administrativa de menor categoría. Esta entidad de ámbito territorial menor al cantón, no está en relación directa con una estructura organizacional eclesiástica y lleva por lo general denominaciones seculares. Las parroquias rurales suelen ser comarcas o conjuntos de recintos cuyos pobladores viven de labores agrícolas y del campo. En el contexto de la novela, ambientada en el año 1841, la acepción de parroquia puede también significar en Ecuador un conjunto de feligreses y el territorio que está bajo la jurisdicción espiritual del cura. Existe por lo tanto una tensión importante entre una forma administrativa secular de carácter jurídico-político y una forma territorial de influencia eclesiástica. La M... probablemente está por Malacatos, población ubicada 35 kilómetros al sur de Loja. Malacatos, es un nombre prehispánico, que al parecer proviene de una lengua shuar. Según relatos el nombre de Malacatos se debe al nombre de un indígena del sector cuyo nombre cristiano fue Pedro Leiva, conocedor de la tradición en el uso de plantas. A mediados del siglo XVII, sabía del uso de la corteza del árbol llamado Quina, que servía para tratar el paludismo. Los agustinos establecieron en Malacatos los primeros trapiches de caña de Castilla. Malacatos, fue proveedor de la mejor cascarilla.

[3] Poner bajo cerrojo, cerrar.

El joven era de mediana estatura, de facciones regulares y un tanto cogitabundas[4].

En la joven, su altura, flexibilidad y gentileza se ostentaban como el bambú de las orillas de su río: su tez fina, fresca y delicada la hacía semejante a la estación en que los campos reverdecen, la ceja negra, y las pupilas y los cabellos de un castaño oscuro le daban cierta gracia que le era propia y privativa: su mirar franco y despejado[5], una ondulación que mostraba el labio inferior como desdeñando al superior y el atrevido perfil de su nariz, daban a su rostro una expresión de firmeza inconmovible. No había una perfecta consonancia en sus facciones; por eso el conjunto tenía un no sé qué de extraordinario; la limpieza de su frente y la morbidez[6] de sus mejillas que se encendían con la emoción, parecían signos de candor; la barba perfectamente arqueada imprimía en todo su rostro cierto aire de voluptuosidad; una contracción casi imperceptible en el entrecejo mostraba haber reprimido de tiempo atrás alguna pasión violenta; el cuello levemente agobiado le daba una actitud dudosa entre la timidez y la modestia, de modo que ningún fisónomo habría podido adivinar su carácter moral y fisiológico[7] con bastante precisión.

---

[4] Muy pensativo, reflexionando.

[5] Dicho del entendimiento o del ingenio de una persona: claro con soltura en su trato.

[6] Blando, delicado, suave.

[7] Esta aseveración de la voz narrativa es fundamental: anticipa una especie de «lecturas» de la protagonista Rosaura, que se llevará a cabo de al menos dos formas en la novela: 1. Una lectura del *corpus* textual, las cartas que escribe Rosaura, que exige una «lectio difficilior potior», la lectura más difícil es la más fuerte, un principio fundamental de la crítica textual que establece que, cuando hay varias versiones de un texto antiguo, la más compleja o menos frecuente es probablemente la original. Esta regla interna filológica de exégesis bíblica se divulgó durante la Ilustración en siglo XVIII (véase Bertil Albrektson, «Difficilior Lectio Probabilior: A Rule of Textual Criticism and its Use in Old Testament Studies», *Remembering All the Way...* Leiden, Brill, 1981, págs. 5-18). La «lectio diffi-

De qué hablaban, se puede adivinar fácilmente si se atiende a que el joven había estudiado las materias de enseñanza secundaria en la ciudad más cercana a la parroquia de que nos ocupamos, y que iba a pasar sus temporadas de recreo en casa de la joven. Se conocerá más claramente cuál había sido su pensamiento dominante, cuando se sepa que después de terminado el curso de artes, había pasado a hacer sus estudios profesionales en la capital, y había estudiado con todo tesón[8] necesario para recibir la borla, dar media vuelta a la izquierda y volver a cierto lugar que sus condiscípulos deseaban conocer porque lo había pintado muchas veces en los ensayos literarios que se le obligaba a escribir en la clase de Retórica. En uno de ellos había dicho:

«Quedaos vosotros, hijos de la corte[9], en la región de las *Pandectas,* y el *Digesto* y las *Partidas*[10]. Yo de la jerarquía de doctor pasaré a la de aldeano, porque allí mora la felicidad.

»Las hoyas de los ríos Malacatus, Uchima, Chambo y Solanda[11] con sus preciosidades vegetales y sus vistas pintorescas acogerán el resto de mis días.

---

cilior» de las cartas de Rosaura exige del lector un conocimiento de múltiples textos que la anteceden y que permiten un entendimiento mayor de lo que estas cartas expresan. 2. Asimismo, también vamos a asistir a una lectura del cuerpo de Rosaura, una legibilidad de su fisionomía y su fisiología, de las características de su organismo que determinan su comportamiento, crecimiento y adaptación, como su metabolismo, estructura corporal, genética y educación. Veremos que ambas formas de intentar «leer» y entender a la protagonista fracasan.

[8] Con toda decisión y perseverancia.

[9] Hijos de personas influyentes en la corte del poblado principal, es decir, descendientes de nobles o funcionarios importantes.

[10] El *Digesto (Pandectas* en griego, *Digestum* en latín), es una obra jurídica publicada en el año 533 d. C. por el emperador bizantino Justiniano I.

[11] Según Rafael Riofrío E., antiguo miembro la Academia de Estudios Históricos y Geográficos del Azuay, los ríos Malacatos y Zamora habrían tenido otra denominación, tomando en cuenta sobre todo la información de los historiadores Velasco y González Suárez: «Lo más probable es

»Las vegas[12] son allí un salpicado caprichoso de alquerías[13], casas pajizas, ingenios de azúcar, plantares, plantíos de caña dulce y pequeñas laderas en que pacen los ganados. Todo esto recibe un realce[14] sorprendente con el relieve de los árboles ya gigantescos, ya medianos, que nacen y crecen sin sistema artístico y con la sola simetría que a la naturaleza pudo darles. La ceiba, el aguacate, el guayabo, el naranjo y el limonero son los más comunes matices de los platanares, los cañizales y los prados.

»A la margen de los ríos se levantan, se extienden y entrelazan los bambúes, los carrizos, los laureles, el sauce y el aliso. En las colinas levántase el arupo[15] para mostrar de lo alto su copa y sus ramilletes.

»Como el placer y el dolor en el corazón del hombre, así alternan a la falta de esos cerros y en la parte agreste de esos valles, el faique[16] con sus espinas y el chirimoyo[17] con la

---

que el río Malacatos era el Pulacu, y el Guacamaná el Zamora» (Cfr. Rafael Riofrío, *Fundación de Loja,* Loja, El Ecuatoriano, 1948, págs. 1-16) Rafael Riofrío concluye, al revisar los límites de Yaguarzongo, colindante con el corregimiento de Loja, y propone también una interpretación lingüística del topónimo Pulacu: «pozo grande que se precipita». En este sentido, se podría leer a Malacatos como Pulacu y Pulacu como una descripción hidrológica de los acontecimientos en la vida de Rosaura y advenimiento de su muerte en las aguas del río.

[12] Terreno bajo, llano y fértil, regado generalmente por un río o un canal.

[13] Conjunto pequeño de casas.

[14] Estimación, grandeza que sobresale.

[15] Árboles ornamentales nativos del Ecuador. Son conocidos por sus llamativas flores rosadas. Su floración tarda una década y viven entre 50 y 70 años. La palabra «arupo» significa 'árbol ornamental de flor rosada'.

[16] Árbol caducifolio de hasta 12 m de altura, de copa amplia, fuste irregular y muy ramificado, con espinas grandes opuestas en las ramas y el tronco. (De la lengua mochica *faik.)*

[17] Palabra quechua —«chirimuya»—, significa 'semillas frías', por germinar a elevadas altitudes. Pasó de América a España en el siglo XVIII. «Y en buscar medios de comer a una misma hora langostas del mar del Norte, chirimoyas de América», en Pedro Antonio de Alarcón, *Cosas que*

frescura de su follaje, la fragancia de sus flores y lo sabroso de su fruta.

»Las acequias que partiendo de los azudes[18], van a humedecer los terrenos regadizos, dan a beber a las plantas, atraviesan los setos y recorren las heredades moviéndose y rielando[19] como serpiente de diamante.

»En los ribazos[20] se forman algunas veces una sociedad heterogénea: las cabras, las vacas, las yeguas ramonean el césped que Dios creara para ellas; y a la par de estas el hombre recoge de los mismos parajes, el díctamo[21], el azafrán, la doradilla, la canchalagua[22], y extrae la miel y la cera que fabrican las abejas. Más allá, las altiplanicies pobladas de higuerones, cedros, faiques y guayacanes, sirven de aprisco[23] y majada a los rebaños y de sesteadores[24] al campesino.

»La más célebre de sus cordilleras es Auritosinga[25], cuyo nombre ha viajado alrededor del mundo, unido a la preciosa corteza que allí se descubrió.

---

fueron. Cuadros de costumbres, Madrid, Imprenta de A. Pérez Dubrull, 1890, pág. 231.

[18] Máquina en forma de rueda que, movida por la corriente de un río, saca agua para regar los campos.

[19] Vibrar, temblar, brillar con luz trémula.

[20] Porción de tierra con elevación y declive.

[21] Orégano.

[22] Hierba de tallo derecho y cuadrangular de hasta 20 cm de altura, de hojas opuestas, oblongas y puntiagudas y flores rosadas; tiene usos medicinales como febrífugo. Del mapudungun *cachanlagua,* hierba contra el dolor de costado».

[23] Paraje donde los pastores recogen el ganado para resguardarlo de la intemperie.

[24] Lugar para pasar la siesta durmiendo o descansando.

[25] Auritosinga, se deriva de la palabra *uritusinga,* bosque, montes ubicados en la provincia de Loja. «La quina se descubrió por medio de un Jesuito, à quien le reveló un indiano de Quito en la montaña Uritozinga de Loja», en Juan de Velasco, *Historia del Reino de Quito en la América meridional,* Tomo I y Parte I que contiene la *Historia Natural,* Quito, Imprenta del Gobierno, 1844, pág. 37. Desde que Humboldt, Bonpland y Caldas visitaron la provincia, la flora de Loja goza de merecida fama.

»Las campiñas y las florestas están siempre animadas por la antifonía[26] de las aves canoras[27] y de las aves bulliciosas[28].

»Tal es el templo en que daré culto a una Deidad».

Cuando se le imponía el deber de escribir memorias geográficas de su provincia, hablaba a duras penas de todo lo que era su parroquia predilecta, y cuando de esta escribía, mencionaba hasta los más insignificantes pormenores aunque estos quedaran fuera del tema que se le había señalado. En uno de los ensayos decía con referencia a su pueblo:

«Desde el 24 de diciembre hasta mediados de enero mostraban esos campos sus escenas peculiares.

»En algunas alquerías de segundo orden se formaban lo que llamaban altar de nacimiento. Estos son simulacros más o menos grotescos del portal de Belén. La cuna de Jesús ocupa el culmen y van descendiendo en forma de anfiteatro, los reyes, los pastores, los niños degollados por Herodes, el paraíso terrenal con huertos y animales, mezclado todo con sucesos más recientes y aún con cuadros de costumbres lugareñas. Las figuras en que todo esto se representa son de diversos materiales, pero más comúnmente de madera: algunas de estas figuras son de movimiento y las hacen desempeñar sus oficios empleando algún mecanismo sencillo o ingenioso.

»Cada casa en que se levanta alguno de estos altares tiene preparados bizcotelas[29], queso, frutas escogidas, bebidas frescas, licores ordinarios y también un guitarrista y un tamborilero, para obsequiar a los visitantes con comida, bebida y bailecillos fandangos[30].

---

[26] Disonancia.

[27] Dicho de un ave de canto.

[28] Que causa ruido. Dicho de una persona inquieta, desasosegada, que no para, que se mueve mucho o con gran viveza.

[29] Especie de bizcocho ligero, cubierto de un baño blanco de azúcar.

[30] Antiguo baile español, ejecutado con acompañamiento de canto, guitarra, castañuelas y hasta de platillos y violín, a tres tiempos y con movimiento vivo y apasionado.

»Cuando el baile va a empezar se retira a la sacra familia en señal de acatamiento.

»Como estos altares distan unos de otros, por lo menos, un kilómetro los paseos son siempre a caballo».

Así seguían las descripciones que los melindres[31] de la crítica calificaban de pesadas y ridículas, sin atender a que el compositor nada podía encontrar de útil ni de bello fuera de su recinto predilecto.

La joven, por su parte, con menos reglas, pero con más corazón, había escrito sus memorias para presentarlas algún día a la única persona que podía ser su consuelo sobre la tierra: en esas memorias habrían hallado también los despreocupados mucho que despreciar, pues se reducían a pintar al natural, lo que había producido su madre, por haber recibido lecciones de un religioso ilustrado, llamado padre Mora[32], a quien comisionara el Libertador Bolívar para la fundación de las escuelas lancasterianas[33]. Pin-

---

[31] Expresión afectada y excesiva en palabras, acciones y ademanes.

[32] «El 13 de noviembre (de 1825) se abrió la escuela lancasteriana de la ciudad de Guayaquil, organizada bajo la dirección del religioso fray Sebastián Mora Bermeo, a quien el poder ejecutivo comisionó y costeó para establecer este método en los departamentos del sur de la República. Ciento veinte niños componían la escuela y dieron lecciones las ocho clases en leer, escribir y contar a presencia de un numeroso concurso, y de la primera autoridad del departamento. El local puede recibir 220 jóvenes... Ocho jóvenes se han instruido allí para ir a otros tantos cantones a servir las escuelas de enseñanza mutua». En *Gaceta de Colombia,* núm. 222, del 15 de enero de 1826, pág. 2. Citado de Jorge Núñez Sánchez, «Inicios de la educación pública en el Ecuador», en *Antología de Historia,* edición de Jorge Núñez Sánchez, Quito, FLACSO, pág. 208.

[33] Creado por el pedagogo inglés Joseph Lancaster. Se fundamentaba en el concepto de «educación mutua», donde los alumnos con mejor rendimiento guiaban e instruían a sus compañeros con mayores dificultades. Asimismo, los estudiantes de niveles superiores asumían el rol de maestros y tutores de los más pequeños, transmitiéndoles los conocimientos que previamente habían adquirido. Todo este proceso se llevaba a cabo bajo la supervisión de un inspector, encargado de mantener el orden, gestionar los materiales escolares y reportar al maestro sobre el de-

taba los tiernos sentimientos que esta madre así instruida sabía inspirar, y que después de referir las escenas que habían precedido al fallecimiento de esa buena madre, agregaba:

«Una semana después de haber sepultado a mi madre, cuando todavía estaban mis ojos hinchados por las lágrimas, recogió mi padre todos mis libros, el papel, la pizarra, las plumas, la vihuela y los pinceles: formó un lío de todo esto, lo fue a depositar en el convento y volvió para decirme: "Rosaura, ya tienes doce años cumplidos: es necesario que desde hoy en adelante vivas con temor de Dios; es necesario enderezar tu educación, aunque ya el arbolito está torcido por la moda; tu madre era muy porfiada y con sus novelerías ha dañado todos los planes que yo tenía para hacerte una buena hija; yo quiero que te eduques para señora y esta educación empezará desde hoy.

»Tú estarás siempre en la recámara y al oír que alguien llega pasarás inmediatamente al cuarto del traspatio; no más paseos ni visitas a nadie ni de nadie. Eduardo no volverá aquí. Lo que te diga tu padre lo oirás bajando los ojos y obedecerás sin responderle, sino cuando fueres preguntada".

»"Y, ¿podré leer alguna cosa?" —le pregunté. Sí, me dijo, podrás leer estos libros, y me señaló *Desiderio y Electo*[34],

sempeño de los estudiantes. Se trata en términos de Louis Althusser del procedimiento de los *aparatos ideológicos del estado,* en el que se forman, a través de interpelaciones continuas del cuerpo, tiempo y espacio, los comportamientos estructurales que se esperan dentro de un sistema de reproducción económica capitalista.

[34] Jayme Baron, *Luz de la senda de la virtud, Desiderio y electo en el camino de la perfección. Obra semi-posthuma, último ardiente rayo en que se explicó el religioso zelo con que solicitó la mayor gloria de Dios en el aprovechamiento de las almas,* Madrid, Imprenta de Música, 1734. Probablemente la edición de 1790 por la Imprenta de don Benito Cano de Madrid se difundió mayoritariamente en América.

los sermones del padre Barcia[35] y los Cánones penitenciales»[36].

Apuntados estos antecedentes y el de que el joven sabía bien que el padre de Rosaura nunca faltaba a los paseos de Año Nuevo, ni a la práctica de dejar a su hija encerrada cuando él salía a divertirse; y constándole además que los caminos estaban ocupados por hileras de hombres y de mujeres que discurrían alegres haciendo la visita de los altares; que cada altar era una estación; que los patios estaban cuajados de caballos, bestias mulares y borricos en gran número, ya se puede deducir que el flamante doctor había penetrado hasta el jardín de Rosaura, sin temor de que nadie le sorprendiese, y puede también maliciarse que de sus prácticas sublimes resultaban el recíproco propósito de unir su suerte para siempre, en caso de que pudieran ser vencidas las tenaces resistencias que opondría el terco padre de la joven.

Esto que es fácil de maliciarse, fue lo que en efecto sucedió: pasados los primeros momentos de sorpresa, sustos,

---

[35] El predicador real José Barcia (Málaga, 1643-Cádiz, 1695) pronunció un conjunto de sermones a Carlos II y a la familia real en escenarios como la Capilla Real del Alcázar, San Jerónimo o las Descalzas Reales. Sus sermones más conocidos son *Despertador Christiano Divino y Eucharistico, de varios sermones de Dios Trino, y Uno* (1689), y el *Despertador Christiano Eucharistico de varios sermones del Santissimo Sacramento del Altar* (1690). Y al rey Carlos II, el *Despertador Christiano Marial de varios sermones de Maria Santisima,* este último ya en 1692, siendo obispo de Cádiz. José Barcia fue uno de los predicadores más destacados de su época, logrando el reconocimiento tanto de sus contemporáneos como de generaciones posteriores de estudiosos de la oratoria sagrada española del siglo XVII.

[36] En los primeros tiempos de la Iglesia, los cánones o reglas que determinaban las penitencias para los pecadores eran sumamente rigurosos. San Basilio establecía castigos severos según la falta cometida: dos años de penitencia por hurto, siete por fornicación, once por perjurio, quince por adulterio, veinte por homicidio y una penitencia de por vida en caso de apostasía. Cfr. Justo donoso, *Diccionario teolójico, canónico, jurídico, litúrjico, bíblico, etc.,* Valparaíso, Imprenta i librería del Mercurio, 1855, pág. 277.

exclamaciones y monosílabos, se refirieron recíprocamente lo que durante la ausencia había pasado. Al hablar Eduardo de sus planes de futuro enlace, se trabó este diálogo que no será inútil referir:

—¡Eduardo! —dijo Rosaura—, yo conozco a mi padre, y me estremezco al pensar que pudiera alguno de tus pasos irritarle, pues el resultado no sería otro que el de separarnos para siempre.

—Que el alma se separa del cuerpo —respondió Eduardo—, puede comprenderse; pero que dos almas que se amen como yo te amo lleguen a desunirse, eso no, Rosaura; si así lo piensas, tú no me amas.

—Eduardo, yo quiero que me comprendas. En mis dieciocho años de vida, o más bien en mi noche de dieciocho años, no ha habido más que dos luces para mí: la de mi madre que se apagó y la que ahora me está alumbrando y temo que se aleje al cometer una imprudencia... En mi sentir cuando el amor no se enciende el alma está en tinieblas... quise decir, que amo a mi madre en el cielo, porque no puedo amarla de otra manera: este es un amor que hace llorar: el tuyo es un amor vivo que hace esperar, soñar y estremecerse... Yo hablo fuera de mí... ¡Qué hacer! Al fin dirélo todo: mi padre tiene interés en que nadie me conozca, y menos tú porque teme que se descubran algunos secretos... Pero, retírate por ahora, amigo mío, porque va a anochecer y puede venir alguien.

II

Al amanecer del día siguiente, recibió Eduardo una carta de un íntimo amigo suyo que estaba en todos sus secretos, quien le decía:

«Querido Eduardo:

Prepara el ánimo para oír cosas terribles: es preciso que cobres fuerzas y leas esta carta hasta el fin. Conforme a lo convenido asistí al baile del Niño.

»Son las dos de la mañana: oigo todavía el canto y el tamboril; don Pedro está en el baile y creo que no verá a su hija hasta muy tarde. Puedes aprovechar de los momentos que son preciosos, entre el cura y don Pedro van a sacrificar a Rosaura, si acaso no andas listo.

»Don Pedro había apurado las copas como siempre, y se convirtió en hazmerreír[37] de los tunantes[38]. En uno de los corros le hablaron del próximo matrimonio de la monjita (así llaman a Rosaura) y le oí estas palabras que me helaron todas las fibras: "El cura me ha dado un buen novio para ella y le he admitido a ojo cerrado, porque sé que un cierto mocito ha venido ya a amostazarme[39] la sangre.

---

[37] Persona que por su figura ridícula y porte extravagante sirve de diversión a los demás.

[38] Pícaro, bribón, taimado.

[39] Amostazarse: sufrir alguien un disgusto. Avergonzarse *alguien*. En este sentido, don Pedro teme un cuestionamiento de su «limpieza de sangre»,

»Mañana en la misa de este Niño será la primera amonestación[40]. Pasado mañana en la misa de los paileros será la segunda amonestación. El día de los Santos Reyes la monjita será esposa legítima de don Anselmo de Aguirre, propietario de terrenos en Quilanga[41]".

»Con una angustia mortal, aunque sin dar entero crédito a lo que acababa de oír, me acerqué a hablar con el cura, al tiempo que este se sentaba en un taburete para saborear un vaso de aguanaje que le acababan de servir. Al mismo tiempo se acercó don Pedro, haciéndole al cura mímicas contorsiones y señalando con el índice a dos viejos que le seguían, dijo: "Oiga mi padre cura, lo que me dicen estos bellacos[42]: me dicen que hago mal en dejar correr las amonestaciones, antes de haber pedido el consentimiento de la novia, como si mi hija pudiera dejar de consentir en lo que su padre lo mande".

»El cura se arrellanó[43], nos dirigió una mirada a estilo de Sultán: tragó un bocado de aguanaje, produciendo un ruido repugnante y con afectada gravedad respondió:

»—Sin duda no sabrían esos señores que yo soy quien lo ha dispuesto.

---

teme tener que avergonzarse por ello, en el diálogo su hija comenta que las monjas son «muy melindrosas en asuntos de linaje» y que «hubo mil de habladurías cuando me casé con tu madre». Este también sería uno de los «secretos» al que se refiere Rosaura en la carta a Eduardo: «y menos tú porque teme que se descubran algunos secretos...».

[40] La primera amonestación es el primer anuncio oficial que se hace en la iglesia sobre la intención de contraer matrimonio de una pareja. Se realiza durante la misa y tiene como propósito informar a la comunidad, permitiendo que, si alguien conoce algún impedimento legítimo para la unión, pueda manifestarlo.

[41] Quilanga es un cantón ubicado en la provincia de Loja, en el sur de Ecuador. Su denominación proviene del quechua y se traduce como 'nido de gavilanes', en alusión a las aves de rapiña que habitan en el cerro El Chiro, una formación geográfica emblemática que caracteriza el entorno natural de la localidad.

[42] Pícaro, ruin.

[43] Ensancharse y extenderse en el asiento con toda comodidad.

»—No, señor, no sabíamos —repuso uno, bajando la cabeza.

»—Si el señor cura lo ha dispuesto, bien dispuesto está —dijo el otro, todos tres se retiraron.

»—Señor cura —le dije yo—, el asunto es grave y si me permitiera le haría algunas reflexiones.

»—¿Qué reflexiones serán esas? —me respondió sin mirarme y con la vista fija en los que empezaban a bailar.

»—La primera es que las hijas no son esclavas ni de sus padres ni de los curas.

»—¿Y es un pascasio[44] en el lancasteriano quien ha de venir a enseñarme?

»—Sí, señor, un pascasio lancasteriano, tiene derecho para decir a un señor cura que si en verdad somos cristianos, debemos ser sustancialmente distintos de aquellos pueblos, en que la mujer es entregada como mercancía a los caprichos de un dueño, a quien sirve de utilidad o de entretenimiento, mas no de esposa. El cristiano debe penetrarse de lo que es una esposa conforme al cristianismo, y de que las hijas de la que fue Madre de Dios, deben valer algo más que los animales que se encierran en un redil para que vivan brutalmente.

»En contestación me arremetió con distingos[45] y subdistingos disparatados.

»Conocí que era infructuosa toda discusión con un hombre a quien todos admiraban y aplaudían hasta por las cruces que se hacía al tiempo de bostezar, y me salí sin despedirme.

»Me he detenido en pormenores para que conozcas entre qué hombres estamos y pienses en lo mejor que te convenga».

---

[44] En las universidades, estudiante que se iba a pasar las Pascuas fuera de la ciudad.

[45] Reparo, restricción, limitación que se pone con cierta sutileza, meticulosidad o malicia.

A las seis de mañana Rosaura recibió una carta de Eduardo en la cual le daba las noticias del anterior, y continuaba diciendo:

«Tú sabes bien que tu padre no puede obligarte a que te cases sin tu voluntad. Yo aguardaré los tres años que te faltan para ser libre[46], o pediremos las licencias en los términos que nos permite la ley.

»No sé quién es el hombre que cuenta ya con tu mano, pero tengo la evidencia de que no te ama, pues ni siquiera te conoce; mientras que tu corazón y el mío han sido creados para amarse eternamente. Ahora resulta que un muro va a interponerse entre nosotros dos; pero ¿qué muro podría resistir al poder excelso del amor? Vence tú en lo que a ti sola corresponde: piensa que tu madre habría bendecido nuestra unión, y este pensamiento dará vigor a tus esfuerzos: piensa que con pocos días de una resolución enérgica y perseverante aseguraría la libertad de tu vida entera.

»Dime alguna palabra: haz algún signo que yo pueda comprender cuando necesites de mi auxilio. Yo estaré siempre en las inmediaciones de tu casa: día y noche me tendrás a tu disposición para luchar como atleta si te amenaza algún peligro. Según lo dispuesto por el cura nada te dirá tu padre hasta pasado mañana. Desde ese día estaré cerca de ti para atender a la menor indicación.

---

[46] «Los requisitos para ser ciudadano definidos en la Constitución del 23 de septiembre de 1830 se determinaron de la siguiente manera: "Título I. Sección III. De los ecuatorianos, de sus deberes y derechos políticos: Artículo 12. Para entrar en el goce de los derechos de ciudadanía, se requiere: 1. Ser casado, o mayor de veintidós años; 2. Tener una propiedad raíz, valor libre de 300 pesos, o ejercer alguna profesión, o industria útil, sin sujeción a otro, como sirviente doméstico, o jornalero; 3. Saber leer y escribir"». Citado en: Marc-André Grebe, «Ciudadanía, constituciones y relaciones interétnicas en la sierra ecuatoriana (1812-1830)», *Procesos: revista ecuatoriana de historia* 36, 2012, págs. 88-89. Según esto, Eduardo tiene 19 años.

»Siento que el alma me agranda y las fuerzas se duplican cuando pienso en nuestro amor. Bendeciría mi hora postrera, si consiguiese respirar sacrificándome por ti.

Tuyo para siempre. Eduardo».

Dos horas después, el ladrido de los perros anunció que don Pedro de Mendoza se acercaba a su alquería.

Rosaura corrió azorada[47] a recostarse en su lecho.

Como la fisonomía de don Pedro carecía de expresión, bastará para presentar su persona una rápida silueta. Era un campesino alto, enjuto, de nariz roma[48], barba gris que le bajaba hasta la mitad de la mejilla, ojos pardos de un mirar entre estúpido y severo, frente calva, un poco estrecha hacia las sienes, color rojizo y labios amoratados. Entró en el patio de su casa cabalgando una mula[49] negra; para apearse recogió la parte delantera de su poncho grana y la echó al

---

[47] Azorar: asustar, conturbar, sobresaltar.

[48] Comba es una de las primeras mujeres negroafricanas documentadas en la literatura española. Su figura aparece retratada en un poema escrito alrededor de 1520 por Rodrigo de Reynosa, un autor del Siglo de Oro que abordó en sus versos temas populares y satíricos. La única referencia al aspecto físico de Comba en el poema de Rodrigo de Reynosa es una alusión despectiva hecha por Jorge, quien menciona su nariz chata con la expresión: «tener vos la nariz roma». Como afirma Aurelia Martín Casares «la negritud femenina no se asociaba a la hermosura en la España Moderna». Cfr. «Comba y Dominga: la imagen sexualizada de las negroafricanas en la literatura de cordel en la España moderna», en *La esclavitud negroafricana en la historia de España,* Granada, Editorial Comares, 2010, pág. 181. Hago alusión a este dato porque me parece importante la descripción que emplea Riofrío aquí. Se trata del «secreto» de alguna manera que también le antecede a don Pedro. Su descendencia heterogénea parece tener un rol importante en la novela. Don Pedro mismo sufre de una colonialidad del poder que le prohíbe aceptarse a sí mismo y a querer demostrar constantemente su supuesta limpieza de sangre.

[49] La mula es el resultado del cruce entre un caballo y un asno, lo que la convierte en un ser híbrido por excelencia. La entrada de don Pedro sobre la misma enfatiza este carácter de hibridez en su familia.

hombro izquierdo. Se desmontó, ató el cabestro a un pilar, zafó de la quijada la tira de cordobán[50] que sostenía su enorme sombrero amarillento: al quitarse las espuelas y las amarras, divisó en el patio las huellas de una bestia, las observó con prolijidad; cobró una expresión iracunda; entró estrepitosamente en la sala: llamó a su hija, y como esta no respondía, la buscó por todas partes hasta que fue a hallarla en su dormitorio.

—¿Conque estamos de lágrimas? —le dijo—. ¿Por qué son esas lágrimas?... Y, ¡sigues llorando y no respondes!... ¿Quién ha venido a caballo esta mañana?

—Un muchacho.

—¡Linda respuesta! ¡Un muchacho! Cuando sueltas esas palabras, diciendo con miedo un muchacho, y te quedas allí llorando, es porque ha habido alguna picardía.

—Eso no, señor —dijo Rosaura levantándose.

—Pues entonces, ¿quién era el muchacho y a qué ha venido?

—Fue el paje de Eduardo Ramírez y vino a darme la noticia de que se trata de casarme el 6 del presente.

—¿Por eso estás llorando?

—Ya no lloro: perdone usted la niñada de haber creído por un rato que usted hubiera convenido en entregarme para siempre a un hombre que ni siquiera he conocido.

—Eres todavía muy muchacha y estás mal educada: debes saber que el señorío de esta jurisdicción es vizcaíno y asturiano[51] puro, y desde el tiempo de nuestros antepasados ha sido costumbre tener las doncellas siempre en la recámara y arreglarse los matrimonios por las personas de consejo y de experiencia que son los padres de los contra-

---

[50] Una tira de cordobán es una franja o banda de cuero fino elaborado a partir de piel curtida de cabra o carnero, especialmente trabajado en Córdoba, España, de donde proviene su nombre.

[51] Se resalta la procedencia española, Vizcaya y Asturias principalmente como provincia con historia de gobierno en la península.

yentes. Así me casé yo con tu madre, y en realidad de verdad, al no haber sido así, no me habría casado, porque tus abuelos (que Dios haya perdonado y tenga entre santos) cometieron el desbarro de que un maldito fraile (perdóneme su corona[52]), que vino a esa tontera de escuelas normales, hiciera leer malos libros a la muchacha. Con ese veneno se volvió respondona, murmuradora de los predicadores, enemiga de que se quemaran ramos benditos[53] para aplacar la ira de Dios, y amiga de libros, papeles y palabras ociosas; de modo que nadie quiso casarse con ella en la ciudad, y con justa razón, porque ella en vez de hilar y cocinar, que es lo que deben saber las mujeres, le gustaba preguntar en dónde estaba Bolívar, quiénes se iban al Congreso, qué decía la *Gaceta*[54], y guardaba como cosa de reliquia esos libros de Telémaco[55] y no sé qué otros extravagantes que le había dejado ese fraile, que ni sé cómo se llamaba: unos le decían padre normal, otros padre masón, y otros padre maestro[56]. Pero volvamos al asunto, como nadie quiso casarse con la masoncita remilgada[57], me la endosaron a mí diciéndome que era una perla. Bastante me hizo rabiar con sus resabios; pero ya se murió y todo se lo he perdonado por amor de Dios. Conque ya ves que si a una normalista, como a tu madre, la casaron sin que me conociera, a una dócil y obe-

---

[52] Se refiere a la aureola de los santos con las que se los representa en la iconografía.

[53] Enemiga de las costumbres tradicionales.

[54] La *Gaceta* en Ecuador se refiere al periódico que registra las actividades y decisiones del poder legislativo del país.

[55] Se refiere a *Las Aventuras de Telémaco* [*Les Aventures de Télémaque*] de François Fénelon (1699).

[56] Padre normal: clérigo encargado de la enseñanza. Padre masón: miembro de la logia masónica, hermandad cerrada de ideología racionalista. Padre maestro: se refiere a los clérigos que impulsaban las escuelas lancasterianas.

[57] Que afecta excesiva pulidez, compostura, delicadeza y gracia en porte, gestos y acciones.

diente como tú se la ha de casar como a persona de valer. ¿Estamos en ello?... ¿No respondes?... Sabes que estoy atrasado en mis intereses, que necesito trabajar para ti misma y que no puedo estar toda la vida ocupado en cuidarte.

—Señor, ¿en qué estorbo? ¿No podría ir a encerrarme en el monasterio de la ciudad?

—Ya yo lo había pensado: no me parecería mal que estuvieses entre las esposas de Jesucristo; allí está la vida más perfecta; ojalá tu madre hubiera tenido siempre en su mano las letanías y los misereres[58], en vez de esos libros que por misericordia de Dios han ido a poder del señor cura: entonces ella y yo habríamos sido menos desgraciados; pero volviendo al asunto, he pensado que tú no debes ir. Si entraras de seglar, las monjas no me dejarían sosiego, pidiéndome las expensas necesarias para tu subsistencia, y elegirían precisamente los días en que estuviese sin blanca, porque así son esas monjas. De seglar ni pensar. Para monja de velo negro[59], ni tengo los mil pesos de dote, porque tu madre en nada me ayudó al trabajo y después... Pero pasando a otra cosa: no te darían los votos para monja de velo negro, porque esas monjas son muy melindrosas en asuntos de linaje, y aunque yo soy tan caballero como los padres de muchas de ellas, no dejan de hacerme algunos melindres, pues hubo mil de habladurías cuando me casé con tu madre, ¡cuánto mejor me hubiera estado casándome con una campesina y trabajadora como yo! Pero vamos al caso: de velo negro no se puede y velo blanco tampoco, pues no quiero que seas criada de nadie.

—Según acaba de decirme, a usted, no le reconocen como a un noble: en tal caso, ¿podría usted casarme como

---

[58] Salmo 50, que, en la traducción de la Vulgata, empieza con esta palabra.

[59] El color del velo establece una jerarquía entre la comunidad de religiosas. El color negro estaba reservado para las descendientes de familias notables. Generalmente ellas vivían de la dote que la familia había proporcionado. El blanco es de monjas legas o donadas.

a plebeya, es decir, con alguna persona a quien mi voluntad se inclinara, siempre que esa persona fuese honrada, virtuosa, desinteresada y trabajadora? Yo creo que así sería feliz.

—Convenido, haz que tu voluntad se incline a don Anselmo de Aguirre que va a ser tu marido con la bendición de Dios, del cura y la mía, y hemos concluido este asunto que ya me va fastidiando, porque detesto bachillerías[60] de mujeres, pues bastante tuve con las de tu madre.

—Mi voluntad no puede inclinarse a un desconocido... y usted, padre mío, no será capaz de...

—¿Capaz de qué? Habla pronto, porque ya me has cansado, ¿capaz de qué?

—De sacrificarme inhumanamente, después de haber atormentado todos los días con palabras ofensivas a la memoria de mi madre.

—¡Ingrata! ¿Te atreves a hablar así a tu padre? Bien dice el refrán: criarás cuervos para que te saquen los ojos[61]: este es el fruto de la cizaña que sembró tu madre en tu corazón, por esto la maldigo y deseo que ese demonio se esté revolcando en los infiernos —(Esta escena parecerá bárbara e inverosímil a los que no hubiesen experimentado de cerca a nuestro déspota de aldea).

—No maldiga a mi madre... ¡Madre mía! Tu hija te bendice.

—A las perversas como tu madre se les envía maldiciones en vez de padrenuestros y avemarías, y a las inobedientes como tú se les ata de un poste y se les enseña a ser buenas hijas.

—¿Podré rogar de rodillas, padre mío?

---

[60] Bachillería: Locuacidad impertinente.

[61] Refrán español que advierte sobre la ingratitud de quienes, a pesar de haber recibido cuidados o beneficios, terminan traicionando o perjudicando a sus benefactores.

—Así con humildad puedes hacerlo; pero es inútil porque yo necesito que te cases, he dado mi palabra y a ella no he de faltar aún que te mueras[62].

—Yo he dado también la mía desde mi niñez y moriré antes de faltarla.

—¡Demonios! —gritó el viejo temblándole la voz—. ¿Y así me decías? ¡So víbora endemoniada! ¡Hija de tu madre! ¿Que querías ir a un monasterio?

—Creo que solo Dios es infinitamente superior a la persona a quien he entregado toda mi alma: esta persona es Eduardo; solo entre Dios y Eduardo me es lícito escoger esposo: todo otro partido lo rechaza mi corazón y preferiría la muerte y los tormentos...

—Prefieres la muerte y los tormentos, pues está bien: te juro por Dios Nuestro Señor y esta señal de la cruz que no volverás a repetir esa palabra.

Bien se comprenderá que era don Pedro uno de aquellos tipos que caracteriza a la vieja aristocracia de las aldeas, cuyos instintos tradicionalistas les hacían feroces para con sus inferiores, truhanescos[63] con sus iguales y ridículamente humildes ante cualquier signo de superioridad.

Así como su obediencia era ciega e irreflexiva a la voz de los más grandes, así la imponía de su parte a los más pequeños. Obedecer al fuerte y despotizar al débil era su única regla de conducta y siempre la ejecutaba brutalmente. Cualquier respetuosa observación de parte de un inferior era vista como blasfemia y severamente castigada en los ratos de mal humor. La idea de justicia estaba borrada de todos los corazones y suplantada con unas pocas máximas creadas para

---

[62] Flor María Rodríguez-Arenas en su excelente edición corrige «aunque», sin embargo, aquí se sigue la primera transcripción de Ecuador Espinosa a la que tuvo acceso Fausto Aguirre y cuya edición tomamos como texto fundamental de esta edición.

[63] Truhanesco: dicho de una persona sinvergüenza, que vive de engaños y estafas.

sostener el prestigio de los curas. «Cuando Dios habla todo debe callar», «Los sacerdotes son una caña hueca por donde Dios transmite sus preceptos a los hombres», «La voz del sacerdote es la voz de Dios», y otras por el mismo orden era la única moral que iba a regir en lo interior de las familias. Estos antecedentes unidos a la idea de que, si Rosaura se casaba con quien no fuera un rústico, correría su padre el peligro de que se le pidiese cuenta de los bienes de su difunta esposa; el efecto físico de la beodez que produce un desesperante fastidio al disiparse y el carácter personal de ese ignorante, pueden explicar, sin que se atribuya a locura el modo como empezó a cumplir don Pedro el juramento que acaba de hacer por Dios Nuestro Señor y la señal de la cruz. El vio que su hija sacaba de su mismo despecho la suprema resolución de sacrificarse, malició con un instinto menos fino que el del tigre, que una mujer resuelta es igual al más grande de los héroes en valor, fortaleza, improvisación de planes y presteza en realizarlos, y tomó una actitud injusta, cruel, estúpida; pero que resultó eficaz para el objeto que se propuso.

Agarró un bastón de chonta[64] con casquillo de metal; salió jadeante y demudado dijo con voz de trueno a Rosaura:

—Vas a ver los estragos que causa tu inobediencia.

La joven presentó serenamente su cabeza para que su padre la matara a garrotazos. Él pasó frotándose con su hija, llegó al traspatio y le dio de palos a un indígena sirviente.

—¡Amo mío! ¡Amo mío! ¡Perdón, por Dios! Yo no he faltado en nada —dijo el indio.

—Sois una raza maldita y vais a ser exterminados —replicó el tirano, dirigiéndose enseguida con el palo levantado a descargarlo sobre la hija del indio que era una criatura de seis años.

---

[64] Chonta: árbol que constituye una variedad de la palma espinosa y cuya madera, fuerte y dura, se emplea en bastones y otros objetos de adorno por su color oscuro y jaspeado.

Rosaura partió como una flecha y paró el golpe diciendo:

—Yo no quiero que haya mártires por causa mía. Seré yo la única mártir: mande usted y yo estoy pronta a obedecer.

—¿Te casarás?

—¡Me casaré!

—¿Con don Anselmo?

—¡Con don Anselmo!

—¿El día de los Santos Reyes?

—¡El día de los Santos Reyes!

—Pues la paz de Dios sea en esta casa.

Rosaura partió con paso firme y frente elevada a su dormitorio; su padre le fue siguiendo y dijo él al entrar:

—Para que no tengas de qué quejarte de mí en ningún tiempo, te dejo libertad para que elijas los padrinos.

—Gracias. Por padrino elijo a mi padre, y sentiría en el alma que así lo fuera; y en vez de la libertad de elegir madrina quisiera otro favor.

—Como que no sea algún disparate.

—En caso de ser un disparate usted podrá negarme, pues no se reduce sino a que me permita escribir una carta...

—Si es a soltero, no...

—No se trataba sino de decir a una persona que, como hija obediente voy a dar gusto a mi padre casándome con don Anselmo.

—Eso sí. Ya sé a quién; pero yo leeré la carta y yo mismo la enviaré con persona de mi confianza.

—Y si tuviera usted a bien escribirla de su puño[65], yo la firmaría.

—¡Qué me place! ¡Qué me place! Voy a escribirla. ¿Es para don Eduardo?

—¡Sí, señor!

---

[65] La frase «de su puño y letra» indica que un texto o documento ha sido escrito personalmente por alguien.

Don Pedro volvió a su sala diciendo para sí solo: «¡Lo que vale la energía! Ya todo lo he conseguido en menos de dos horas; si me hubiera metido blando y generoso ¿qué habría sido de mí? La letra con sangre entra[66]. Ahora no hay más que tener cuidado para que esa sabandija no me juegue alguna mala partida. Pero no, desengañándolo al abogadito ya no hay cuidado. Esta carta me salió como miel sobre buñuelos[67]. Voy a ponérsela con desprecio, porque así se debe tratar a estos muchachos; pero no, lo político no quita lo valiente».

Algunos minutos después Rosaura fue llamada a firmar, y firmó sin saber lo que su padre había escrito. Al tiempo de cerrar, puso al respaldo[68] furtivamente estas palabras: «Han ocurrido cosas que me han despechado y he resuelto dar una campanada[69]. Te juro que no seré de don Anselmo, vete a la ciudad antes del 6[70]».

Don Pedro que había salido por un minuto, volvió a entrar con el que había de conducir la carta, a tiempo que Rosaura iba a pegar la oblea[71].

—Alto ahí, señorita —dijo. Enseguida empuñó la esquela, la sacó de la cubierta, la desdobló y sacudió receloso de que hubiera interpuesto otra hoja. Vio que estaba firmada, la cerró y la entregó al conductor.

Desde ese instante empezaron en casa de don Pedro los preparativos para el banquete y los festines nupciales.

---

66 Véase estudio introductorio.

67 Miel sobre buñuelos: es equivalente a decir «la guinda del pastel» o «el broche de oro». Para expresar que algo bueno se complementa o enfatizar la satisfacción de un añadido positivo.

68 Respaldo: Vuelta del papel o de un escrito, en que se anota algo. Anotación hecha en la vuelta de un papel o de un escrito.

69 Campanada: escándalo o novedad ruidosa.

70 6 de enero, fiesta religiosa de los Santos Reyes.

71 Oblea: hoja muy delgada hecha de harina y agua o de goma arábiga, cuyos trozos servían para pegar sobres, cubiertas de oficios, cartas o para poner el sello en seco.

III

El desventurado Eduardo, al recibir la carta pasó de una agitación terrible a otra más terrible agitación. La esquela decía así:

«Muy señor mío:

Por cuanto mi señor padre me ha dicho lo que la Santa Iglesia nos enseña, conviene saber: que los padres son para los hijos segundos dioses en la tierra y que se han de cumplir sus designios con temor de Dios, recibiré por esposo al señor don Anselmo de Aguirre, porque será una encina a cuya sombra viviré[72]como buena cristiana, trabajando para mi esposo, como la mujer fuerte, y para los hijos que Dios me dará, sin mirar mis grandes pecados y solo[73] por su infinita misericordia; por ende podrá Ud. tomar las de Villadiego[74]. Que Dios guarde y ampare a Ud. por muchos años.

Firmado: Rosaura Mendoza».

---

[72] Encina a cuya sombra viviré: hace referencia al árbol alto que sirve de personificación del fundamento y apoyo de una vida cristiana sumisa y obediente que espera Rosaura con don Anselmo.

[73] Nos atenemos a las recomendaciones vigentes de la RAE, en lo que corresponde a las tildes diacríticas, por lo que en principio palabras como solo cuando tienen valor adverbial o este/a, ese/a, aquel/la con valor pronominal no se acentúan.

[74] Tomar las de Villadiego: ausentarse impensadamente, de ordinario por huir de un riesgo o compromiso.

Después de exhalar solitarias exclamaciones y derramar algunas lágrimas Eduardo se reconcentró a meditar en la naturaleza de su situación y en el partido que debería tomar:

«Ella ha firmado, pensaba él, es lo que su padre le ha obligado a que firmara. En la casa ha ocurrido sin duda alguna gravísima novedad. Quizá mi carta esté en manos de don Pedro; ¿si seré yo el causante de las desgracias de Rosaura?

»Mas yo le supliqué que me llamara y ella me dice: vete a la ciudad. Luego me dice que va a dar una campanada; este anuncio me horroriza, ¿se habría resuelto a dar un no en la puerta de la Iglesia? Ese no le costaría tres años de tortura que es el tiempo que la ley le obliga a permanecer a merced de su padre... Ella me jura que no será de don Anselmo, y parece que nada ha valido ante sus ojos mi adoración de seis años, mi abnegación a todo encanto que no fuera el de sus gracias, y mi constante padecer durante una ausencia que me parecía de siglos: el término de mis esperanzas y de mi fe ¿ha de ser esa palabra: vete a la ciudad?».

No pudiendo deliberar por sí solo, reunió a los mejores de sus amigos y les habló con voz de agonizante, porque entre el enjambre de reflexiones le había saltado la idea de que el plan de Rosaura fuera nada menos que el de un suicidio. Sus jóvenes amigos vivamente interesados por la suerte de ambas víctimas, después de varios proyectos y tentativas descubrieron que Rosaura estaba constantemente vigilada y que nada se podría hacer hasta el día de la ceremonia, prometiendo estar atentos a la más mínima circunstancia que ocurriese desde la madrugada del 6 hasta la hora del matrimonio.

IV

La mañana del seis de enero no estuvo en consonancia con el luto y la amargura del corazón de Eduardo. Este corazón necesitaba de un cielo denegrecido, un horizonte caliginoso y una atmósfera funesta, y por desgracia suya a las cinco de la mañana ya se veían distintamente los extensos platanales abrillantados por el rocío; las arboledas que parecían responder con su frescura a las sonrisas del cielo azul; las ardillas que saltaban; los pájaros que en rica variedad cantaban, silbaban y gorjeaban por todas partes; los hombres y mujeres que entraban y salían afanosos por la puerta de trancas de don Pedro de Mendoza, preparando viandas y bebidas para la boda.

Esta espléndida mañana parecía anunciar un triunfo más bien que un sacrificio.

Un reloj de péndola acababa de dar nueve campanadas cuando una cabalgata de seis caballeros presididos por don Pedro de Mendoza partió con dirección al caserío principal, llevando en su centro a una mujer cuyo velo verde impedía que sus facciones fueran distinguidas. Este grupo entró a la plaza llamando la atención pública y se detuvo en el corredor de una casa de teja; allí ayudaron a desmontar a la joven del velo verde que entró a la sala y pasó sin detenerse al cuarto del tocador.

A las once, la plaza estaba cubierta de gente repartida en diversos grupos. A la voz de «la novia va a salir» estos grupos se condensaron y apiñaron acercándose todos a la casa en donde había entrado la joven de velo verde.

Poco después hubo un movimiento uniforme de admiración, pues se presentó algo que parecía una visión beatífica: era Rosaura con las nupciales vestiduras. Al tocar en el umbral levantó su velo como si le estorbase, y quedó en pública exposición un rostro que no era ya el de la virgen tímida y modesta que antes se había visto rara vez y con gran dificultad. Rosaura mostraba en ese instante no sé qué de la extraña audacia que se revela en los retratos de Lord Byron[75]. Podía decirse que ya su alma era de pólvora y que bien pronto iba a hacer una explosión.

Mientras los numerosos espectadores desahogaban sus emociones con las voces de: ¡Qué guapa!, ¡qué hermosa!, dijo un joven al oído de la novia: estamos armados y venimos de parte de Eduardo a ponernos a las órdenes de usted.

—¡Gracias! —respondió Rosaura y se encaminó al templo en medio del gentío.

En el convento o casa del cura estaba entre otros hombres, un campesino frescachón[76], como de cuarenta años, de una tez algo percudida, pero con aquella suavidad de facciones propia de los linfáticos; su barba era negra y espesa; el perfil del rostro se acercaba más bien al círculo que al óvalo, salvo las protuberancias de una nariz bastante ancha, quijada ligeramente arremangada y labios no muy gruesos, pero sí muy rojos: sus ojos pardos tenían la vana pretensión de mostrarse vivarachos; pero en verdad eran sosegados: lo que más le caracterizaba parecía ser una frente ancha, redonda, de piel sudosa, su garganta hiperbólica y su vestuario: este se componía de un frac verde de talle alto, panta-

---

[75] Lord Byron (1788-1824) fue un destacado poeta, aristócrata y una de las figuras más influyentes del Romanticismo inglés.

[76] Frescachón: muy robusto y de color sano.

lón blanco de royal, corbata baya, es decir, el mismo color de los zapatos, chaleco grande de terciopelo azul y sombrero negro clarinado. Su sonrisa era esencialmente selvática[77]. Con esta sonrisa y con una voz entre bronca, estúpida y sibilante, a causa del defecto de su garganta, dijo este pobre sujeto:

—Ustedes creerán pues que estoy muerto de gusto ¡tontos! No saben que tengo un miedo tan fiero: me parece que me fueran a fusilar.

—Pero si la novia es linda, ¿qué más quiere mi don Anselmo? —replicó otro.

—Mi padre me sabía decir que las lindas suelen ser más ariscas y resabiadas que los potros de la serranía, por eso tengo un susto tan fiero.

En esto se presentó un sacristán vestido de roquete y dijo en alta voz:

—La novia ha estado aguardando desde las once.

—Vamos, pues, ¡que Dios le ayude, mi don Anselmo! —dijeron todos.

—Amén —respondió este santiguándose y partió.

Media hora después estaban en la puerta de la Iglesia, de pie y colocados en hilera, don Pedro, don Anselmo, Rosaura, una matrona obesa que hacía de madrina y una muchacha con una aljofaina[78] de plata que contenía trece doblones, un anillo y una gruesa cadena de oro.

De frente estaba el cura: revestido conforme a ritual; este entreabriendo un libro que tenía en la mano, se acercó a Rosaura, y con voz gangosa y afectada gravedad le dijo:

---

[77] Selvático: tosco, rústico, falto de cultura. Véase cómo la voz narrativa describe aquí un don Anselmo desfigurado, apático, insociable, de semblante pálido.

[78] Aljofaina: vasija en forma de taza, de gran diámetro y poca profundidad, que sirve principalmente para lavarse la cara y las manos.

—Señora doña Rosaura de Mendoza, ¿recibe usted por su legítimo esposo al señor don Anselmo de Aguirre y Zúñiga que está aquí presente?

—No, no, no —dijeron muchas voces como para alentar a Rosaura; este ruido impidió escuchar lo que ella había respondido.

—¡Silencio! —gritaron el cura y el teniente[79], en seguida el cura tornó a preguntar:

—Señora, ¿recibe usted por esposo al señor don Anselmo de Aguirre?

Rosaura con voz firme y sonora respondió:

—Sí, señor, lo recibo por esposo.

—¡Qué es esto! —exclamaron muchas voces y el asombro se pintó en los semblantes. El cura y don Pedro se cambiaron una mirada que quería decir: hemos triunfado.

La gente se iba dispersando para no presenciar el fin de la ceremonia.

Cuando el párroco, con gran satisfacción hubo echado la bendición nupcial, y el cortejo se encaminaba hacia el altar, Rosaura volvió el rostro, bajó el vestíbulo y se encaminó resueltamente a la casa de donde había salido para ir al templo. Al advertirlo, salió su padre y le dijo sobresaltado:

—Rosaura ¿adónde vas?

—Entiendo, señor, que ya no le cumple a usted tomarme cuenta de lo que yo haga.

—¿Cómo es eso?

—Yo tenía que obedecer a usted hasta el acto de casarme porque la ley me obliga a ello: me casé, quedé emancipada, soy mujer libre: ahora que don Anselmo se vaya por su camino, pues yo me voy por el mío.

—¡Malditas leyes!, ¡tiembla infeliz, pues maldeciré a tu madre!

---

[79] Teniente: el gobernador de la parroquia.

—Ya había previsto esta amenaza; pero no me da ningún cuidado: Dios es justo. Él está premiando las virtudes de mi madre, y castigará al que se atreviere a maldecir su memoria. Haga usted lo que quiera.

Don Pedro volvió al templo, pálido y temblando. Un sordo rumor se propaló entre los concurrentes de ambos sexos. El novio y la madrina se habían arrodillado ya en la grada del presbiterio[80] y allí permanecieron como estatuas: el cura cantó su misa con un desentono que movía a compasión y se turbaba a cada paso en las ceremonias.

A la una de la tarde la plaza era una confusa vocería: movíanse los hombres como abejas: todos exponían sus opciones en alta voz. De repente sobresalió un grito que decía:

—¡Muchachos! Han ido a traer presa a la novia de orden del cura y del teniente. Si la traen, a defenderla.

—Sí, sí, a defenderla.

—No la han de traer porque ya le dieron pistolas cargadas y estaba muy resuelta.

—Allí viene, muchachos, a defenderla.

—Al convento, al convento.

Llegó Rosaura en su alazán[81] hasta el vestíbulo del convento precedida de cuatro hombres de a caballo y seguida de la multitud. Estaba encantadora: sobre su vestido blanco de bodas se había echado una capita grana: su espesa cabellera en dos crenchas[82] flotaba sobre la capa: su som-

---

[80] Presbiterio: área del altar mayor hasta el pie de las gradas por donde se sube a él, que regularmente suele estar cercada con una reja o barandilla. Se podría decir que Rosaura huye «ante la ley», decide no entrar en la misma. Se trata de un lugar *inbetween,* en el que toma la decisión de huir. Su agencialidad se materializa ahí en ese espacio pre-liminar, umbral.

[81] Alazán: dicho especialmente de una caballería de color marrón rojizo.

[82] Crencha: raya que divide el cabello en dos partes.

brerito de jipijapa[83] sostenido por dos cintas blancas sentaba perfectamente en ese rostro encarnado por el calor y animado por la emoción.

—Que entre —gritó una voz.

—Que salgan los que quieren hablarme —contestó Rosaura.

—Que entre, mandan el cura y el teniente.

—Que salgan, digo, y si se tardan me voy.

—Que salgan, sí, que salgan —gritó a su vez la multitud.

Salió el vejete de poncho rojo y cuello aplanchado, ostentando las borlas de su bastón de guayuro: este dijo con voz que tenía pretensiones de terrible:

—¿No sabe usted que la hembra casada ha de seguir a su marido porque así lo manda la ley?

—Cuando mi esposo quiera que le siga podrá irse delante de mí.

—¿Quiere usted hacerse desgraciada causando pesares a su padre?

—¿Le pesará a mi padre que me haya sacrificado por obedecerle?

—Esta muchacha está muy insolente —dijo el cura—. Es preciso, señor juez, que usted la mande a rezar algunos días en la cárcel hasta que cese su altanería.

Rosaura amartilló una pistola de dos tiros y dijo con voz de amazona[84]:

—Señor cura, aquí hay dos balas que irán veloces hasta el tuétano del atrevido que me insulte: quiere descubrir lo que puede hacer el brazo de una hembra como yo resuel-

---

[83] Jipijapa: sombrero de ala ancha tejido con paja muy fina, que se fabrica en Jipijapa y en otras varias poblaciones ecuatorianas.

[84] Rosaura deja lista la pistola para disparar y se presenta como mujer fálica, de espíritu insoslayable. Esta imagen es fundamental para entender el alcance de la agencialidad que presenta esta figura femenina en una novela decimonónica.

ta a arrostrar por todo. Una palabra más y volarán los sesos de mis verdugos: quise perdonarlos a nombre de mi madre; pero ya veo que se empeñan en que descargue sobre ellos mi venganza: ¿lo queréis?; pues, enviadme a la cárcel.

El cura y el teniente político retrocedieron asustados y Rosaura partió sin que nadie se atreviese a detenerla.

El cortejo del convento quedó hablando contra los malos libros, contra la educación del día, contra el religioso fundador de las escuelas lancasterianas y concluyó por declarar que el pueblo estaba excomulgado, por no haber sacado la lengua a esa muchacha que se había atrevido a amenazar con pistolas al buen pastor y al juez de la parroquia. El pueblo tomó a su cargo el asunto dividiéndose en bandos encarnizados: unos veían en Rosaura una heroína y aplaudían con entusiasmo la lucidez de su plan y la gracia y maestría con que acababa de efectuarlo. Otros se limitaban a disculparla diciendo que su vida se había dividido en dos secciones: una de educación bajo las inspiraciones de una madre civilizada, y otra de prueba bajo la acción de un padre que no tenía ni remota idea de lo que pasa en el alma de una joven, en quien los nobles sentimientos han nacido, el instinto de la delicadeza se ha pulimentado, la conciencia de la dignidad humana se ha despertado y un amor sin tacha ha presentado la perspectiva de una modesta felicidad. Según estos, la prueba había sido demasiado violenta, superior a las débiles fuerzas de una virgen y esta no había podido menos que sucumbir.

El bando más numeroso era el de los tradicionalistas o partidarios de las fuertes providencias: ellos decían, como el padre de Rosaura, que el hombre ha sido creado para la gloria de Dios y la mujer para gloria y comodidad del hombre; y que, por consiguiente, el uno debía educarse en el temor de Dios obedeciendo ciegamente a los sacerdotes y los jueces, y la otra en el temor del hombre obedeciendo ciegamente al padre y después al esposo, y que el crimen de Rosaura debía ser severamente castigado, para vindicta de la sociedad y ejemplo vivo de todas las hijas. Estos acababan siempre por lamentar los buenos tiempos del Rey y por maldecir la independencia americana y el nombre de Bolívar[85].

[85] Véase la importancia que tiene en el juicio de las acciones de Rosaura la figura de Bolívar, quien había entendido, a pesar de no haberlo resuelto, cuáles eran los dilemas fundamentales de las incipientes naciones americanas. Al respecto véase también el estudio introductorio.

Segunda parte

V

Al norte de la ciudad de Loja[86], en la confluencia de los ríos Malacatos y Zamora, está el templo y el caserío principal de las cinco parcialidades de aborígenes que componen la parroquia de San Juan del Valle[87].

El 24 de junio, como día del Santo Patrón[88], se celebraban allí unas fiestas en que siempre a los indios les tocaba la peor parte, pues sus gustos se reducían a trabajar para que los blancos de la ciudad se divirtieran. Había misa solemne, procesión, corrida de gallos, y tras esta se satisfacía la taurina pasión de nuestra raza. Preparadas de antemano las enramadas en los solares y los palcos a la rústica en torno de la plaza, la gente aguardaba con avidez la hora del espectáculo de los gallos que era en esta forma: se levantaba en la plaza una especie de horca: de la punta superior de uno de los dos palos pendía un cordel, que iba a pasar por

---

[86] 2060 metros sobre el mar se eleva Inmaculada Concepción de Loja, ciudad y municipio del extremo sur de la cordillera Real en Ecuador, circundada por los ríos Zamora y Malacatos.

[87] En 1629 el cacique Quinto Alonso Pinza fundó el pueblo de San Juan de El Valle, que junto con San Sebastián forman las dos primeras parroquias de la ciudad de Loja.

[88] San Juan Bautista, lat. Ioannes Baptista (5 a. C.-30. d. C), cuyo nacimiento se incluye entre los tres únicos que celebra la Iglesia Católica: el de Jesús, el de María por haber nacido inmaculada y el de san Juan por haber sido santificado en el seno de su madre, santa Isabel.

una polea que estaba a la cabeza del otro palo, y se prolongaba para ser manejado a modo de columpio de maromero[89]: pendiente del cordel en medio de los palos, estaba un gallo vivo atado flojamente de las patas, a la altura que difícilmente pudiese ser alcanzado por un hombre de a caballo. Los caballeros que entraban en la liza, se colocaban a distancia de veinte metros de esa horca o columpio, donde el gallo subía y bajaba según templaban o aflojaban el cordel los que estaban al lado de la polea: dada la señal los caballeros iban partiendo de uno en uno, y al pasar al escape por debajo del gallo, procuraban arrancarle de las leves ataduras que le unían al cordel; el que lo conseguía daba de gallazos a cuantos alcanzaba hasta que le quitaran en buena guerra al mísero animal o acabara este de despedazarse con los golpes que con su cuerpo se descargaban sobre la espalda, la cabeza o las costillas de los jinetes. Tres gallos debían ser mártires de esta barbarie, antes que saliera el primer toro a reemplazar una barbarie lugareña con otra barbarie más clásica y pomposa.

En junio del 41, la fiesta y procesión habían terminado a la una y media de la tarde. A las dos, los palcos estaban llenos, y las miradas fijas en los caballeros de la liza[90]: varios de estos se mostraban cariacontecidos[91] y otros disimulaban con chistes o chanzonetas[92] de mal gusto, la vergüenza que padecían por haber pasado bajo la horca sin poder arrancar al gallo, porque entre las frivolidades sociales figura la de que la destreza en arrancar gallos el día de san Juan, sea un asunto de gravísima importancia, especialmente si

---

[89] Maromero: acróbata.

[90] Liza: campo dispuesto para que lidien dos o más personas.

[91] Cariacontecido: que muestra en el semblante pena, turbación o sobresalto.

[92] Chanzoneta: copla o composición en verso ligera y festiva, hecha por lo común, antiguamente, para que se cantase en Navidad o en otras festividades religiosas.

las miradas femeninas están dominando el espectáculo. Después de haber pasado bajo la horca todos los caballeros sin que a ninguno le hubiese cabido el alto honor de dar de gallazos a sus prójimos y merecer por ello el aplauso de las hermosas, iba a empezar de nuevo la corrida, cuando se presentó entre ellos una competidora que dejó absorta a la concurrencia.

En un brioso corcel blanco, entró, fresca y encarnada, con largo vestido azul y sombrerito de paja, la misma amazona que seis meses antes había partido de otro valle intimidando a sus tiranos.

Su presencia en esa plaza produjo una sorpresa animadora: pero la emoción general subió de punto, cuando se vio partir a esta beldad desconocida, pasar bajo la horca, arrancar un gallo, y no descargarlo sobre los caballeros que la galanteaban presentándole sus espaldas para recibir la dicha de un gallazo de sus manos, sino obsequiarlo a una india anciana y andrajosa diciendo:

—Esta ha sido la dueña del animal, y se lo han quitado por fuerza, según la pena con que le estaba contemplando.

—Cierto, ama mía, Dios se lo pague —dijo la india.

Colocado el segundo gallo fue Rosaura por segunda vez fácilmente vencedora, porque los indios que tenían la cuerda, seducidos por la hermosura y agradecidos del acto de piedad de esta amazona, aflojaron de modo que el gallo quedase muy accesible.

—Reclamo la costumbre —dijo un mozo grosero, y arrebató el gallo de manos de la joven causándole una leve lastimadura con el espolón[93] y rasgándole parte del vestido.

Los indios, que con su instinto fino conocen a quien los favorece, y le defienden con salvaje tenacidad, corrieron a pie tras el hombre de a caballo que había lastimado a su

[93] Espolón: apófisis ósea en forma de cornezuelo, que tienen en el tarso varias aves gallináceas.

bienhechora, le alcanzaron, se prendieron de las riendas y de la acción sufrieron riendazos y gallazos del jinete y de los que acudieron en su defensa, hasta que llegó la joven y dijo a sus vengadores en lengua quichua[94]:

—¡Amigos míos! ¿Creéis que estas gotas de sangre merezcan ser vengadas? No, hijos, este es un desgraciado como vosotros y como yo: él ha reclamado la costumbre, en la costumbre está lo malo, y esta viene de muy atrás.

—Él te ha faltado al respeto y le hemos de castigar —dijo un cacique.

—Él no sabe lo que es digno de respeto; para él solo es respetable la costumbre, y como buen ignorante ha cumplido con su deber.

—Nosotros le hemos de enseñar a respetar a las señoras como nosotros las respetamos.

—Nuestra voz es muy débil, amigos, para enseñar, y nuestra situación muy triste para aprender. Dejad en paz a ese hombre, a quien la costumbre ha hecho ignorante y la ignorancia le ha hecho grosero.

—La letra con sangre entra.

—¡Por Dios!, no pronunciéis esa palabra.

Los indios se retiraron; la joven fue conducida al convento; se le vendó la herida y se la hizo protagonista de una ruidosa francachela. Circuló el rumor entre las beatas de que una hereje extranjera se había presentado en El Valle por arte de Satanás y que había hecho cosas diabólicas.

---

[94] Quichua: *kichwa* como se la conoce en la comunidad quichuahablante. Variante del quechua que se habla en Ecuador. La lengua originaria que más se habla dentro del territorio de América Latina es el quechua. Esta lengua cuenta con más de 10 millones de hablantes, quienes se encuentran divididos en siete países de América Latina, específicamente de Sudamérica. Es fundamental el hecho de que Rosaura comparta esa lengua con los indígenas que la intentan ayudar, la solidaridad y la paralelización de su condición de subalternidad compartida es de suma importancia para la interpretación de la novela.

Después de la fiesta, se la veía pasear sola en su alazán por los alrededores de la ciudad. En determinados días de la semana llegaba a las alturas de San Cayetano y permanecía largo rato mirando la alfombra de púrpura y gualda que forman las dumarines y las caléndulas silvestres. Se asegura que allí cantaba la canción colombiana «La Pola»[95] y algún sentido yaraví[96], acompañándose con el canto de los gorriones, los suipes, los lapos y otras aves, y que al volver a la ciudad cuidaba de apearse a la margen del Zamora, enjugaba sus ojos con un pañuelo y bañaba su rostro con esas aguas frescas y cristalinas.

Habitaba una casita en la calle de San Agustín que era la más pintoresca de la ciudad: tenía a pocos metros la grande acequia que pasa a batir el molino de los dominicos. La puerta siempre abierta mostraba en exposición permanente un pequeño plantío de espárrago, rosas, jazmines y claveles entre higueras, duraznos y tomates que hacían del patio un bosque y un jardín.

Al entrar la amazona salía un criado y se encargaba del caballo; otro estaba en la cocina: estos dos y no más eran su servidumbre: ella subía una grada de madera, llegaba a su cuarto de tocador; cambiaba su ropa de a caballo por otra de trapillo; descansaba por una o dos horas meciéndose en su hamaca y leyendo alguna cosa: también tenía sus ratos de escribir. Después arreglaba mejor la veste y el peinado y salía a la sala de recibo; esta era espaciosa, pero un poco desmantelada, pues había sido antes sala de billar de modo que la palabra «billar» llegó a tener una aceptación conven-

---

[95] «La Pola»: referencia importante a la heroína colombiana Policarpa Salavarrieta. Heroína de la Independencia, fusilada en Bogotá el 14 de noviembre de 1817, sin duda la heroína más popular de la época de terror que reinó en Nueva Granada durante la reconquista española a principios del siglo XIX. Rosaura se diferencia de esta heroína por su solidaridad con los indígenas.

[96] Yaraví: canción melancólica de origen quechua y música pentatónica, que generalmente se acompaña con la quena.

cional y maliciosa que envilecía el nombre de la dama y la hacía verter lágrimas secretas de amargura que ella procuraba ahogar en los placeres.

Es cuanto se puede narrar acerca de su vida privada, aunque ciertamente, la mujer a quien alguna fatalidad ha arrojado a la corriente de las aventuras, no tiene vida privada, pues hasta los mínimos incidentes de su casa van pasando de corro en corro como adiciones y comentarios.

VI

El secreto de las tempestades atmosféricas está hasta cierto punto descubierto y explicado porque han sido siempre invariables las leyes de la materia; pero hay otras tempestades misteriosas con instintos y albedrío que si una vez llegan a estallar, no se puede saber cuál será el límite de sus estragos: esta tempestad es la del corazón de una mujer hermosa, de sentimientos nobles y generosos a quien la desesperación ha llegado a colocar en mal sendero: esta caminará vía recta a los abismos, porque finca su orgullo en no retroceder jamás y en devolver a la sociedad burla por burla, desprecio por desprecio, injusticia por injusticia y víctima por víctima; pero con mayor o menor decencia, según los grados de educación a que ha llegado, pues hasta el vicio tiene su dignidad en las almas educadas.

En Rosaura, las cuerdas con que su padre le había atado al estúpido cautiverio, fueron estrechadas hasta romperse. Un mal ministro del altar la ató con el vínculo matrimonial que también por tiránico e injusto hubo de romperse y se rompió. Un ministro de justicia intentó castigar en la víctima los delitos de los verdugos y ella hubo de detestar a los jueces de su tierra.

Entre la corrupción que tiraniza y la corrupción que halaga no es dudosa la elección para una criatura inexperta y de alma ardiente como Rosaura. Los déspotas y los fanáticos son los que empujan la sociedad a la región del libertinaje.

Esto es lo que debe decirse en vez de descubrir los festines, las orgías y los excesos que en casa de Rosaura iban quedando bajo la jurisdicción de las tinieblas. Basta saber que en los primeros días de septiembre, destinados a la afamada feria del Cisne[97], se veía a esa infeliz mujer en los garitos, dejándose obsequiar hasta por los beodos de los figones[98].

Pasados estos días de gran bullicio la casa de Rosaura estaba siempre cerrada y las noches en silencio. Alguna mudanza sustancial había ocurrido.

[97] La parroquia El Cisne se encuentra a 70 km de Loja. El 30 de mayo y el 15 de agosto se celebran sus principales festividades. Inmediatamente después de la festividad de agosto, se realiza un acto religioso muy impresionante ya que los devotos llevan en sus hombros la hermosa imagen hasta la ciudad de Loja. La Virgen del Cisne ingresa a Loja para presidir las festividades religiosas, comerciales y agrícolas que desde 1829 se efectúan el 8 de septiembre, según decreto del Libertador Simón Bolívar, durante las cuales se concedían exención de impuestos a los productos comercializados.

[98] Figón: casa de poca categoría, donde se guisan y venden cosas de comer.

VII

En uno de los primeros días del mes de octubre, en que los estudiantes, después de la feria, vuelven perezosamente a sus temidas faenas de colegio, uno de los cursantes de Óptica y Acústica, recibió de su catedrático que era médico, el estuche quirúrgico y la orden de seguirle para hacer el estudio práctico de los órganos de la voz, del oído y la vista; la casa donde llegaron estaba situada a pocos metros del colegio.

Al entrar vieron en el cuarto del zaguán un grupo apiñado de hombres y mujeres: varios jóvenes de los que componían el grupo habían empalidecido, y la concurrencia en general se mostraba conmovida sin que faltase alguna vieja que dijese entre dientes «¡castigo de Dios!»; ni algún mozalbete que soltase en baja voz sus chanzas maliciosas; pues, en todas partes se encuentra cornejas que están siempre de mal agüero y truhanes que parecen haber nacido para estar siempre de chunga[99].

Algunos momentos después, entraron el alcalde, el escribano, cuatro peones y una guardia del depósito de inválidos. El comandante de esta guardia mandó a despejar la pieza del zaguán: al retirarse los concurrentes se dejó ver echado en tierra sobre una manta vieja y con una luz a la

[99] Estar de chunga: estar de burla festiva.

cabecera el cadáver de una mujer: el rostro conservaba aún la gracia de los perfiles, pero estaba denegrecido: las dos crenchas de su espesa cabellera se mostraban desgreñadas y sin lustre: si el pavoroso efluvio de la muerte no lo impidiera, podría decirse que la barba, la garganta, el seno y los brazos desnudos de esa mujer conservaban aún su póstuma hermosura.

Rosaura iba a sufrir las expiaciones de ultratumba[100].

Los cuatro peones, sin emoción de ningún género, levantaron el cadáver, le sacaron del cuarto, le colocaron sobre una hilera de adobes en la mitad del patio y la desnudaron hasta la cintura.

El médico abrió su estuche, preparó los instrumentos, devolvió el resto al estudiante que estaba a su lado y empezó la operación. Al ver correr cruelmente las cuchillas y descubrirse las repugnantes interioridades escondidas en el seno de Rosaura, de la que poco antes había sido una beldad, un sudor frío corrió por la frente del estudiante: no pudo continuar mirando la profanación sarcástica del cuerpo de una mujer, pues había creído hasta entonces obscura y vagamente que la constitución fisiológica de este sexo debía ser durante la vida, un incógnito misterio, radiante de gracias y hechizos, y que al morir, estos secretos que tienen tanto de divino para las almas juveniles, no podían ir a hundirse en el sepulcro, sin que antes tocasen las campanas sus fúnebres clamores, se encendiesen los blandones alrededor de un féretro, se entonasen cánticos sagrados y se acompañase con lágrimas y sollozos a la que va en funérea procesión a despedirse para siempre. Apartó la vista de este espectáculo que iba dando muerte a todas sus ilusiones y se retiró, dominado por una especie de crudo desengaño de linaje humano, sin que el dictado de cobarde que se le daba, ni la voz imperiosa de su maestro fuesen parte a de-

---

[100] Ultratumba: más allá de la muerte.

tenerle presenciando tantas miserias. Mas no le fue dado encaminarse a su colegio porque el centinela le echó atrás, entonces el estudiante dijo para sí solo: «¿Ha de tener tantos enemigos y tantos aparatos este ser al cual la cuchilla acaba de mostrarme como inmundo y deleznable? Si la mujer, que es la belleza, acaba de expelerme con su repugnante deformidad, con razón el centinela, que es la fuerza, me parece más deforme que el cadáver».

El estudiante pudo en aquel día afirmar por propia experiencia la profunda enseñanza que da la máxima de Pascal[101] diciendo: «Es arriesgado manifestar demasiado al hombre cuánto se asimila a los animales, sin hacer patente su grandeza. Es lo más todavía hacerle ver demasiado su grandeza, sin su bajeza, y aún más dejarle ignorar ambas cosas».

Siendo la consigna del centinela de que nadie entrase ni saliese hasta que la larga operación de la autopsia hubiese terminado, el estudiante tuvo de entrar en el cuarto de donde la difunta acababa de salir, pues era el único asilo que le quedaba.

Allí estaban la manta y la antorcha funeraria, y cerca de esta hablaban un comerciante y un abogado de Cuenca sobre la injusticia con que se atribuía a su paisano el señor M... la muerte de esa mujer: para comprobarlo había relatado algunos antecedentes que ya hemos referido, y leyeron enseguida las cartas y los borradores que se habían encontrado en el costurero de la difunta: estos documentos iban a ser presentados, en caso de que se declarase haber lugar a formación de causa. Decían así:

---

[101] Blaise Pascal (1623-1662) realizó importantes aportes al estudio de los fluidos y la hidrostática, estableciendo principios fundamentales que explican el comportamiento de los líquidos y gases en diferentes condiciones. Su principio de Pascal se aplica en la fisiología, por ejemplo, en la circulación sanguínea, donde la presión transmitida por el corazón se distribuye a través de los vasos sanguíneos.

«Rosaura, mi antigua amiga:

»Si hubo un tiempo en que te hablé el lenguaje del amor profano, otro tiempo ha sobrevenido en que las cosas han cambiado y es necesario que también cambien las palabras.

»Cuando pronunciaste el fatal sí en el templo de nuestro valle yo me puse en camino para recibir el sacramento del orden sacerdotal.

»Al amor precoz que me inspiraste debí los estímulos que dirigieron por buen camino mis estudios y mi conducta; después me encaminaste por extraña senda a las aras[102] del Padre que nos manda perdonar, y todo lo he perdonado.

»Hoy tu antiguo amigo ha llegado a saber que has tenido la desgracia de entrar en el número de las ovejas descarriadas, y se postra desde aquí a hacerte la plegaria de que vuelvas al aprisco[103].

»Tú piensas que te estás vengando de los que te han tiranizado, ¡infeliz!, mira lo que haces.

»Reflexiona que ningún mal has recibido de las jóvenes inocentes que pudieran pervertirse con tu ejemplo, y que en ese género de desagravio que has adoptado por sistema, la pena no retrocede hacia los autores del mal que han sido nuestros mayores, sino que va directamente a las nuevas generaciones que no han tenido ni voluntad ni ocasión de ofendernos.

»Hubo un tiempo en que por el delito de un padre se imponía a los hijos y demás descendientes la pena de infamia y de perder todos los bienes. ¿Te parece esto justo y racional? No, eso es monstruoso —me responderás—; pues eso y mucho más es lo que hacemos cuando un ciego

---

[102] Ara: altar donde se celebran ritos religiosos.

[103] Aprisco: paraje donde los pastores recogen el ganado para resguardarlo de la intemperie.

despecho engendra en nosotros la venganza contra una sociedad que creemos viciada o criminal.

»Si tu padre, tu cura, tu juez y la mayoría de tus paisanos te han empujado violentamente a los abismos, ha sido porque ellos venían también empujados de otras fuerzas anteriores que no habían podido resistir. Una ignorancia deplorable más bien que criminal había dado el primer impulso a los defectos sociales de que eres víctima: tú te has entregado al vicio para viciar más la sociedad, burlarte de ella, despreciarla a tu saber y vengarte de ese modo, es decir, que has cedido al mismo impulso que empujó a tus mayores, y que entonces debe ser a tus propios ojos, tan odiosa como un mal sacerdote, un mal juez y una mala sociedad; algo más todavía: el mal padre, el mal sacerdote, el mal juez y la mala sociedad han procedido por ignorancia y estulticia, y esto es más bien lastimoso que punible: tú recibiste los dones de una inteligencia clara, de una educación dulce, bajo las inspiraciones maternales y un amor puro y leal que dio vuelo y consistencia a los sentimientos generosos. Con estos elementos se forman las almas fuertes, y en las almas fuertes es un crimen imperdonable el caer en las mismas miserias que forman la triste herencia de los imbéciles.

»Lo que haces es además contra ti misma, estás destruyendo tu reputación y tu hermosura. Tú, no crees que te diviertes, por más que lo procuras, porque siempre te asalta el recuerdo de lo que era la inocencia.

»¡Rosaura!, mi antiguo amor era egoísta: quería que fueses mía, quería mi felicidad: ahora quiero la tuya, o que sea tu desgracia menos grave. Vuelve al campo, piensa, reflexiona y allí oirás la voz de Dios en las reminiscencias de los consejos de tu madre.

Eduardo».

Seguía un borrador de letra de Rosaura que decía:

«Eduardo:

»Yo estaba gozándome en mis triunfos y tú me haces avergonzar. Eres la única criatura ante quien siento la necesidad de justificarme; pero sin ocultar que tus palabras son nuevas tiranías que vienen a perseguirme en el campo a donde la fatalidad me ha conducido. Si mi madre no me hubiese inspirado religión y si tú no me hubieras hecho traslucir lo sublime del amor puro, yo contaría como mis verdugos y mis amantes, con el desenfreno de la ignorancia y no vendrían los remordimientos a taladrarme las entrañas.

»Más daño me han hecho mis benefactores que mis tiranos: para estos me basta con el odio; para destruir la obra de los otros necesito de vértigos, ofuscamiento, bullicio aturdidor. Concédeme la gracia de guardar silencio o romperé cañas[104] contigo. Yo no puedo vivir sino de emociones, las emociones son un sueño y no quiero que nadie me despierte.

»Tú sabes algo de mi primera educación, pero no lo sabes todo. Mi madre me enseñó a conocer a Dios, llevándome a las colinas de nuestro pueblo y diciéndome con acento cariñoso: "Mira la hermosura de estos campos, escucha el cantar de los pajarillos, observa ese cóndor perdiéndose entre las nubes, fija tus ojos en el azul del firmamento, mira ese sol que sale tan brillante, ¿sabes quién hizo todo esto y nos puso aquí porque nos quiere?". "Esto es muy grande y muy bonito" le respondía yo, "apostemos a que lo ha hecho alguno de esos reyes que nombra papá sacándose el sombrero". "No, hija, esos reyes eran hombres todos: el que hizo esto es un Espíritu que no se puede ver; pero que te quiere tanto como nadie puede quererte porque es tan bueno que tú no has de comprender su bondad, sino cuando

[104] Romper cañas: cortar la comunicación.

seas más grandecita: es amigo de los pobres, de los niños y de todos los que son buenos: él se pone bravo con los soberbios, con los rabiosos y con los que maltratan a sus prójimos". De este modo iban calando las ideas de mi madre en mi infantil inteligencia. Yo aprendí a adorar a Dios porque era Padre, porque era bueno y porque había hecho cosas tan grandes y tan hermosas.

»Mi padre en vez de hacerme amar las cosas santas, imponía la tarea de rezar como una veintena de padrenuestros y avemarías por centenares cada noche, de modo que lo largo de la faena y la dureza con que se me obligaba a cumplirla me hicieron temible la devoción.

»Yo llegué a abrigar el error de que había dos religiones: una pura simpática y divina que mi madre me inspiraba, y otra pesada y odiosa, que mi padre me hacía practicar sin inspirarme ni enseñarme cosas grandes. Cuando veía que el cura de nuestro pueblo mandaba azotar a los indígenas y ponía presas a las viudas que no podían pagar los derechos funerales de sus maridos difuntos, yo decía sin vacilar: la religión del cura no es la religión de mi madre, y día por día iba sucediendo no sé qué dentro de mí que me ha ido empujando hasta el punto a que he llegado.

»Tú me has escrito en un lenguaje que me hace mucho mal, me hace sentir alguna cosa semejante a la religión de mi madre; pero ya para eso es demasiado tarde. He visto a mis plantas sotanas y cerquillos[105], y he tenido el capricho de enardecer los galanes del orden sacerdotal, para luego expelerles con desprecio. Ellos se han vengado subiendo a retratarme en el púlpito con groseros coloridos, sin perjuicio de volver a pedir de rodillas perdón. Yo me creía superior a todos los que delante de mí se posternaban pero cuando tú me

---

[105] Cerquillo: círculo de cabello que queda después de rapar la parte superior e inferior de la cabeza, como se estilaba en algunas órdenes religiosas masculinas. Junto con las sotanas hace alusión a que ha frecuentado a eclesiásticos y religiosos.

dices que te arrodillas me siento humillada y confundida: aquí se rinden a mis plantas para pedirme que me envilezca, para decirme que sea de ellos, y tú me diriges una plegaria pidiéndome que me enmiende, que me ennoblezca, que sea de Dios. Esto me dice lo que pude ser y lo que soy, ¿por qué me das una herida tan mortal? Has despertado los remordimientos que yo acallaba con mis triunfos, y me has puesto en tal desesperación que quisiera maldecirte: pero veo que aquello sería injusto y a nadie maldigo sino a mí misma.

»Eduardo, no vuelvas a escribirme: no temas que me destruya porque cuando esto suceda daré una nueva campanada. Todos los caminos están obstruidos para mí, excepto el que voy siguiendo. ¡Oh, si pudiera volver a los instantes de nuestra última entrevista!... Pero eso es imposible. No puedo volver a ser soltera como tú no puedes borrar el carácter del sacramento que has recibido.

»Por compasión, no vuelvas a escribirme».

Núm. 3. Quito, a 20 de septiembre de 1841

«Rosaura:

»Intentas romper conmigo: me pides que te deje en paz; pero en tu corazón no hay paz y esta es la que quiero darte a nombre del Señor.

»A merced de las antorchas que iluminaron tu niñez, sientes aún remordimiento y te pesa de no poder obrar mejor, creyendo que los caminos de la virtud están obstruidos; pero no, hija mía, aún puedes volver tu conducta hacia el camino que tu madre te trazara.

»El levantar una pistola, hacer temblar a los imbéciles, resolverse a morir luchando, andar sola por los caminos desafiando los peligros, muestran en ti la triste excitación de un valor desesperado, eso no es el valor racional, no es el valor del alma grande.

»Los triunfos del verdadero valor son los que se obtienen desechando lo halagüeño para no hacer más que lo que es justo. Cuanto has hecho hasta aquí, muestra el valor del vaho que se expande al evaporarse. Cuando levantaste la pistola venciste al cura y al teniente, después de haber sido vencida por un ímpetu de furia que no pudiste reprimir, es decir, que no pudiste vencer. La verdadera victoria la alcanzarías al dejar la bahorrina de los placeres frenéticos para seguir los decentes y racionales.

»Para llegar a ese triunfo te bastará reflexionar que las fuentes del placer no tardarán en agotarse y quedarán las heces que son amargas y punzantes: ¿qué harás entonces, hija mía? Sentir el corazón estrangulado por las serpientes del ya estéril arrepentimiento.

»Mientras más se apuran los placeres, más pronto el alma se debilita: en el alma debilitada se van anidando las pasiones bajas, y vienen tras estas el cansancio y el hastío que son la viva imagen de los infiernos.

»Ahora tienes fuerzas todavía y el mejor empleo que puedes darles es el de luchar contigo misma.

»A nombre del Padre celestial que adorabas con tu madre, te pido, no un sacrificio sino tu descanso, tu sosiego de pocos meses. Retírate de la vida escandalosa: vive oculta hasta la próxima cuaresma, en que iré yo, invocaré la gracia divina y tengo fe en que serán disipadas las tinieblas que hoy ofuscan tu corazón, y sentirás reanimado tu valor.

»Cederás fácilmente a los ruegos que te hace tu antiguo amigo cuando medites en la fealdad del libertinaje que fomentas con tu hermosura.

»Tus galanes creen engañarte y tú crees también que los engañas, y en realidad, ellos como tú solo se engañan a sí mismos; porque se arruinan, se depravan y van perdiendo de hora en hora su excelsa calidad de racionales.

»Créeme, hija mía, que los caminos de la virtud están siempre abiertos para todos.

Eduardo».

«Eduardo:

»Las desgracias que me anuncias como futuras están ya dentro de mí.

»¿Sabes lo que es una feria en esta ciudad? ¡Oh, si hubieras visto cuán hermosa y concurrida ha estado en el presente año! ¡Qué de fisonomías, qué de modas, qué de acentos tan variados!

»Mira lo que he escrito por divertirme y que hoy rompo desesperada: "9 de septiembre. Confieso que tienen muy buen gusto los que pintan o escriben cuadros de costumbres: yo también quisiera una pluma y un pincel para el cuadro de anoche con su grupo de dos híspidos[106] de Cuenca, un tozudo[107] paraguayo (riobambeño), un fraile de todas partes, dos crespos de la costa, tres lindos de no sé dónde, un gracioso de provincia y un comandante sin domicilio, que formaron mi cortejo. El gracioso cayó en desgracia de todos porque me hacía reír; al comandante se le calificó de cobarde porque me hablaba de sus proezas: al fraile le traté mejor, porque deseaba que sus compañeros le aborrecieran, y no tardé en conseguir que le dieran su par de sornavirones[108] los híspidos de Cuenca, aunque no tardaron en arrodillarse a pedirle la absolución juzgándose excomulgados. A los lindos los traté como a señoritas y entiendo que quedaron satisfechos. Al tozudo le costó mucho trabajo afectar zalamería[109]; pero esta estuvo de sobra de parte de los provincianos, que reducían sus galanterías a decirme que eran viles gusanillos de la tierra y que yo era una deidad: esto no divierte. Los costeños me decían can-

---

106 Híspido: dicho del pelo disperso y duro.

107 Tozudo: obstinado, testarudo.

108 Tornavirón: golpe que recibe alguien de mano de otro en la cara o en la cabeza, y especialmente cuando se da de revés.

109 Zalamería: demostración de cariño afectada y empalagosa.

dorosamente: ¡que venga la música, la diversión, que eso es lo que se quiere!, y me parecía bien esta franqueza.

»Día 10. —Ha habido una competencia entre morlacos[110] y costeños que no pude comprender, porque reventaba la risa al oír al guirigay[111] que se formaba al alternarse el acento esdrujulario de los primeros y el puntiagudo de los segundos. El *señooórito* de Cuenca y *señoriiíta* de la costa hacen un contraste graciosísimo, pues cada uno alarga tanto más su acento respectivo, cuanto más insinuante quiere mostrarse".

»Pero dejemos estas frivolidades de un libro de memorias del que no van a quedar ni las cenizas. Basta con decirte que en un lado estaba el portal de los juegos de envite, y en otro el de los grandes comerciantes, aquí los revendedores con sus acatamientos, allí algún dicho gracioso, más acá una fina galantería: música, festines, serenatas, obsequios; nada me faltaba; se podía creer que había llegado a satisfacerse la amplitud de mis aspiraciones; pero algo tenía dentro de mí que me excitaba a llorar.

»Después la ciudad ha vuelto a su genial silencio, y mi alma se ha tornado en un arenal desierto, tostado por el sol del arrepentimiento y removido por los vientos del desengaño; en este vasto arenal la imagen de lo pasado se levanta como un espectro.

»Tengo vergüenza de mí misma, me aborrezco de muerte y no sé cómo he de vengarme. Antes de nueve meses he recorrido un siglo de perdición.

»He pulsado mis fuerzas y me siento incapaz de postrarme a ser oída en penitencia por los mismos a quienes he repulsado con desprecio. Solamente ante ti me arrodillara; pero entonces los sollozos no me darían lugar para acusar-

---

110 Morlaco: relativo a Cuenca, cantón de la provincia ecuatoriana de Azuay.

111 Guirigay: gritería y confusión que resulta cuando varios hablan a la vez o cantan desordenadamente.

me y no podría menos que encenderme en un amor ya imposible, en un amor desesperado.

»He causado muchos daños que no habría conocido sin tus cartas: es preciso que el escándalo termine juntamente con la vida antes que tú vengas a anonadarme.

Adiós, Eduardo».

Sin ningún signo de compasión y caminando directamente hacia su objeto, el abogado continuó diciendo:

—A estas cartas que dan indicios vehementes de un suicidio se agrega lo que dicen unánimemente los declarantes, a saber, que esta señora, estando con fiebre y con otras enfermedades, convidó para un paseo a unas veinte personas, casi todas de la plebe: comió como desesperada, frutas y manjares que le hicieron daño: apuró licores por primera vez, porque antes aunque era alegre no bebía: y casi ahíta[112], embriagada y casi delirante por la fiebre, entró a bañarse a las seis de la tarde en el agua helada del Zamora. A las once de la noche el apoplético[113] la mandó a la eternidad.

Como esta relación estaba más terrible que la presencia del cadáver, el estudiante salió a buscar un aire más respirable que el de ese cuarto, y se encontró con el espectáculo de los peones que estaban recogiendo en el ataúd trozos de carne humana engangrenada[114].

Allí estaba exangüe y despedazado el corazón que había hecho palpitar a tantos corazones.

---

[112] Ahíta: que padece alguna indigestión o empacho.

[113] Apoplético: que padece de apoplejía. Suspensión más o menos completa, y por lo general súbita, de algunas funciones cerebrales, debida a hemorragia, obstrucción o compresión de una arteria del cerebro.

[114] Engangrenada: gangrena. Muerte de los tejidos por falta de riego sanguíneo, generalmente a causa de una herida seguida de infección y putrefacción.

Por la tarde cuatro indígenas pisoneaban una sepultura y los curiales[115] daban por terminado el sumario[116] por no haber lugar a formación de causa. He aquí el fin de la que fue Rosaura.

[115] Curial: empleado subalterno de los tribunales de justicia, o que se ocupa en activar en ellos el despacho de los negocios ajenos.

[116] Sumario: conjunto de actuaciones encaminadas a preparar el juicio criminal, haciendo constar la perpetración de los delitos con las circunstancias que puedan influir en su calificación, determinar la culpabilidad y prevenir el castigo de los delincuentes.

Apéndice

El cura que había causado la perdición de esa mujer, cuando supo su muerte subió al púlpito y platicó patéticamente sobre las desgracias que traen consigo la desobediencia a los padres, el desacato al sacerdote y el irrespeto a los jueces. Don Pedro volvió a su tema de atribuir la muerte de su hija a las modernas instituciones. Don Anselmo se vistió de gala el día que le fue dada la noticia de su viudez. El presbítero Eduardo aún conserva respetuosamente las dolientes memorias de esa víctima. El estudiante no ha perdido de vista lo horrible del espectáculo que tuvo delante de sus ojos y ha apuntado sus recuerdos veinte y dos años después de los sucesos.